Egbert Scheunemann

Außer Atem, außer Kontrolle, außer sich

Kurzgeschichten, Erzählungen, Anekdoten

Bibliografische Information der Deutschen Nationalbibliothek
Die Deutsche Nationalbibliothek verzeichnet diese Publikation in der
Deutschen Nationalbibliografie; detaillierte bibliografische Daten sind
im Internet über http://dnb.d-nb.de abrufbar.

1. Auflage 2025

IMPRESSUM

© Egbert Scheunemann, www.egbert-scheunemann.de
Verlag: BoD · Books on Demand GmbH, In de Tarpen 42,
22848 Norderstedt
Druck: Libri Plureos GmbH, Friedensallee 273,
22763 Hamburg
ISBN: 978-3-7693-1930-9

Inhalt

Prolog

Dies ist schon der fünfte Band mit Erzählungen, Kurzgeschichten und Anekdoten, den ich publiziere – ich komme, habe ich oft das Gefühl, kaum hinterher, all die komischen, schrägen, irritierenden oder berührenden Geschichten und Erlebnisse zu erzählen, die auf mich einprasseln. Im ganz normalen Alltagsleben, wohlgemerkt.

Aber so normal ist der Alltag eben nicht immer. Unverhofft geraten Dinge außer Kontrolle und wir außer Atem. Wir sind außer uns – und erzählen von den Ereignissen, die das bewirkten, brühwarm Freundinnen und Freunden, die man abends beim gemeinsamen Biere trifft. An ihren interessierten Gesichtern, ihren womöglich staunenden Augen sieht man, dass das, was passierte und man erzählt, eben erzählenswert ist, berührt, animiert, interessiert, Schauer über den Rücken laufen lässt, Stirnfalten verursacht – oder Lachfalten ins Gesicht zaubert.

In solchen Situationen frage ich mich oft: Warum nur meinen Freundinnen und Freunden davon erzählen, die ich so zufällig kenne und treffe wie sie mich? Warum nicht auch anderen Menschen – zum Beispiel Ihnen?

Hamburg, im Dezember 2024

Egbert Scheunemann

Außer Atem

Es fing an mit Schmerzen im Unterleib, irgendwo rechts und leicht unterhalb des Bauchnabels, gegen Mittag und mitten in meinem Sommerurlaub am Bodensee. Mal mehr, mal weniger, aber mit leicht ansteigender Tendenz. Vielleicht hatte ich etwas Falsches gegessen. Mir wurde jedoch nicht spontan schlecht, als ich im Kopf Schluck für Schluck, Biss für Biss dessen rekapitulierte, was ich in den letzten vierundzwanzig Stunden getrunken oder gegessen hatte – sonst ein untrügliches Zeichen dafür, dass etwas Unbekömmliches dabei war. Abends war ich noch mit Freunden verabredet zu gutem Essen, direkt am Ufer des Sees. Das ließ den Schmerz in den Hintergrund treten. Leckerer Fisch wurde kredenzt, noch besserer Riesling, danach ein runder fruchtiger Obstler – und während all dem anregende Gespräche und viel Gelächter mit alten Freundinnen und Freunden.

In der Nacht aber fand ich nicht wirklich zu Schlaf. Wellenartig brauste der Schmerz heran, immer wieder, immer öfter, immer heftiger. Mit der Morgendämmerung stand ich auf. Ich hatte Schmerzen, aber, interessanterweise, dennoch Appetit. Auf Kaffee. Ich trank zwei Becher in der Hoffnung, dass der Schmerz nach dem durch den Kaffee geförderten großen Geschäft nachlassen würde. Es hätte ja auch eine querstehende Jahrhundertblähung sein können, dachte ich mir. War es aber nicht.

Also setzte ich mich ans Laptop und recherchierte, wo ich in der kleinen Stadt, in der meine Ferienwohnung lag, Hilfe finden könnte. Und Bingo: Das örtliche Krankenhaus hatte vor drei Wochen geschlossen. Final. Man wurde auf der Homepage auf die beiden nächstliegenden Krankenhäuser verwiesen. Beim am nächsten gelegenen rief ich an, schilderte kurz meine Situation und fragte, was ich machen solle. Am besten möglichst bald vorbeikommen, sagte man mir, und gleich in die Notaufnahme. Selbsteinweisung.

Von da an lief alles wie am Schnürchen. Ich fuhr mit dem Fahrrad zum Bahnhof, der nur einen guten Kilometer entfernt war – das Radeln verursachte keine zusätzlichen Schmerzen im Vergleich zum Gehen oder auch nur Sitzen. Auf den Regionalexpress musste ich nur knappe zehn Minuten warten, weitere zehn Minuten später war ich in der Nachbarstadt. Vor dem Bahnhof stand ein abfahrbereiter Bus. Ich fragte den Fahrer, ob er zufällig am Krankenhaus vorbeifahre. Zufällig würde er das, meinte der Mann. Die dritte Station sei es. Und wieder nur einige Minuten später war ich am Ziel und kurz darauf am Schalter der Notaufnahme. Es war ziemlich genau zwölf Uhr mittags.

Mir schwante vor dem Betreten des Gebäudes zunächst Schlimmes. Rechts vom Eingang auf dem Vorplatz standen zwei Eiswagen in praller Sonne und boten ihre kühlen Köstlichkeiten an. Vor und um die Eiswagen waren – ich übertreibe nicht – etwa dreißig, vierzig weiß, hellblau oder hellgrün gekleidete Bedienstete des Krankenhauses zu sehen, die auf ihr Eis warteten oder es schon schlotzten. Oje, wie es dann wohl in der Notaufnahme aufgrund dieses Personalmangels der etwas besonderen Art zugehen würde? Dachte ich mir düster.

Aber nur viereinhalb Stunden später wurde ich operiert – Appendektomie, Entfernung des Appendix, meines akut entzündeten Blinddarms. Das hatten die Untersuchungen ergeben. Blutentnahme. Ultraschall. Abtasten. Letzteres gestaltete sich schmerzhaft, aber durchaus auch ganz lustig. Der Arzt, der mich schließlich auch operieren sollte, drückte mit den Fingern in meinen Unterleib. Links vom Bauchnabel. Von mir aus gesehen. Wohl zehn Zentimeter tief. Dann zog er seine Hand ruckartig weg. Schwupp, schwabbel – mein Bauch nahm ebenso ruckartig wieder seine Ruhestellung ein. Ob das wehgetan habe, fragte der Arzt. Ja, aber eher rechts, meinte ich. Daraufhin wiederholte der Arzt das Prozedere auf der rechten Seite – zumindest versuchte er es. Nach nur einem Zentimeter Drucktiefe musste ich nämlich darum bitten, den Abbruch dieser Untersuchungsmethode vielleicht doch in Erwägung zu ziehen. Der Arzt gehorchte aufs Wort.

Zum Schluss bat er mich, aufzustehen und leicht auf dem linken Bein zu hoppeln. Ob das wehtue. Ja, aber wiederum eher rechts. Dann also bitte noch mal auf dem rechten Bein hoppeln. Ich hoppelte, aber nur ein einziges Mal, denn ich wäre am liebsten direkt an die Decke gehoppelt vor Schmerz. Der Arzt streckte siegesgewiss den rechten Daumen in die Höhe. Ja, das sei ziemlich sicher ein entzündeter Blinddarm. Der müsse raus. Am besten noch heute.

Die Tür ging auf, eine Schwester, wie auf Zuruf und im Timing perfekt, überreichte dem Arzt die Ergebnisse der Blutuntersuchung. Die Entzündungswerte waren vorbildlich hoch. Jetzt war die Sache endgültig klar.

*

Schon auf dem Weg in den Aufwachraum kam ich zu Bewusstsein, war schnell wieder – trotz der Schmerzmittel – bei klarem Kopfe, musste dort aber noch eine Zeit lang liegen. Überprüfung der Stabilität des Kreislaufs, des Blutdrucks, des Pulses. Das Übliche nach einer Operation. Ich lag da mit drei anderen Patienten, die ich nur hören konnte. Den Kopf oder gar den Oberkörper etwas anzuheben, um besser sehen zu können, verbot sich mir radikal – beim ersten Versuch und bei vielen anderen Bewegungen in den nächsten zwei, drei Tagen merkte ich erst, und zwar oft sehr schmerzhaft, in wie viele Bewegungsabläufe die Bauchmuskulatur involviert ist. Inklusive Husten, Räuspern, Niesen. Das Zweitschlimmste war, aus dem Liegen aufzustehen. Das Schlimmste beim Stuhlgang zu drücken.

Also ließ man es sein. Was nicht ohne Druck ans Tageslicht wollte, blieb halt in den Katakomben des Gedärms. Selbst schuld.

Zwei der drei anderen Patienten im Aufwachraum sagten nichts oder kaum etwas. Dafür der dritte umso mehr. Und zwar immer das Gleiche in nur kurzen Zeitabständen. Von der Stimme her eine sehr alte Frau. Sie rief immer wieder nach dem Pfleger. Sie wolle jetzt nach Hause. Wo denn ihre Sachen seien, sie wolle sich anziehen. Der freundliche Pfleger, ein junger Mann, erklärte ihr einfühlsam, dass das nicht möglich sei. Sie sei eben operiert worden. Es würde noch einige Zeit dauern, bis sie wieder nach Hause könne. Das ging so drei, vier Mal. Immer wieder das gleiche Prozedere. Der Pfleger blieb tapfer und freundlich, bis die alte, nicht wenig verwirrte Frau auf ihre Station gebracht wurde.

Ich wurde als Letzter auf die OP-Station gebracht – auf den, wie sich herausstellte, letzten Stellplatz im letzten nicht voll belegten Zimmer. Es war inzwischen schon dunkel. Nur am Kopfende meines Stellplatzes brannte ein schwaches Licht. Der andere Patient im Bett gegenüber schlief wohl schon. Man wollte ihn nicht stören. Die Pflegerin und der Pfleger, die mich reingeschoben hatten, erklärten mir alles mit sanfter Stimme, auf welchen Knopf ich drücken müsse, falls ich Hilfe brauche. Man verabschiedete sich und wünschte mir eine gute Nacht.

Ich ließ das schwache Licht noch etwas brennen, um mich zu orientieren. Den Kopf oder gar Oberkörper anzuheben, war noch immer kaum möglich. So sah ich mein Gegenüber nur schemenhaft, ein großer Hügel am entgegengesetzten Horizont. Der Mann musste eine mächtige Person sein. Die Bettdecke war heftig gewölbt, irgendwo dahinter verbarg sich der Kopf des Mannes, für mich nicht zu sehen. Ich hörte mal etwas rascheln, mal ein Geräusch, das beim Herausziehen einer metallenen Schublade aus einem metallenen Beistelltisch entsteht.

Was ich vor allem aber hörte, waren nicht wenig laute Brumm- und Vibrationsgeräusche in drei verschiedenen Klanghöhen und Lautstärken, jeweils kurze Pausen dazwischen, aber ohne Ende der Abfolge. Ich hatte keine Ahnung, welches Gerät diese sehr störenden Geräusche verursachte. Wohl irgendeines, das das Überleben des Mannes ermöglichte. Ein Beatmungsgerät vielleicht. Was auch immer.

Aber nein, es war der Be- und Entlüftungsmechanismus einer speziellen Matratze, die bei langfristig Bettlägerigen einen Dekubitus verhindern soll – das Wundliegen. Ein Beatmungsgerät also nicht für den Mann, sondern für die Matratze, auf der er lag. Das erzählte mir, ganz leise, nahe an meinem Ohr, ein junger Pfleger, der für den Nachtdienst eingeteilt war, nachdem er eine letzte Runde auf der gesamten Station gedreht hatte, um alle zu fragen, ob sie vor dem Schlafen noch etwas bräuchten. Ob man dieses Teil nicht zumindest in der Nacht ausschalten könne, fragte ich ihn. Nein, das ginge nicht. Beim Bettlägerigen drohe sonst Dekubitus oder gar eine Thrombose.

Prima, dachte ich mir, das wird eine tolle Nacht, Schmerzen im Bauch, Schmerzen in den Ohren und wohl bald auch Schmerzen im überdrehten, übernächtigten Kopf.

Aber das war nur das Präludium, wie sich herausstellte. Kaum war der Pfleger entschwunden, schlief mein Gegenüber ein, am beginnenden heftigen Schnarchen zu hören. Ein Schnarchen, wie ich es kaum je gehört hatte, mir nur bei einem Nilpferd vorstellen konnte. Und vor allem das Schnarchen eines Apnoikers, eines Menschen, der nach dem Einschlafen regelmäßig Atmungsaussetzer hat. Bis zu einer Minute – ich zählte die Sekunden bald qualvoll mit. Dann die kurzfristige Erlösung: heftigstes lautstarkes Schnappen nach Luft, Röcheln, Pfeifen, Schmatzen,

Stöhnen, Lamentieren, Wortfragmente ausstoßend, Arme um sich werfend, oft lauter, wohl schmerzhafter Kontakt mit Bettkante oder Beistelltisch, danach wieder wenige Minuten sehr lautes, aber halbwegs normales Schnarchen – schließlich ein neuer Zyklus. Ein neuer Atemstillstand. Sekunde um Sekunde. Eins, zwei, drei, vier – achtundvierzig, neunundvierzig, fünfzig, einundfünfzig. Ich wusste nicht, wovor ich mehr Angst hatte: dass der im Fünf-Minuten-Takt um sein Leben Kämpfende gleich stirbt – oder ich. Es war unerträglich.

Ich kannte das Phänomen der Schlafapnoe bislang nur aus Fachzeitschriften. Und ich hatte mal in einer Wissenschaftssendung kurze, sehr kurze Zusammenfassungen eines Zyklus zwischen zwei Atemaussetzern gesehen, aufgenommen in einem Schlaflabor. Schon dem beizuwohnen, war kaum auszuhalten. Man litt mit, man konnte kaum hinsehen und -hören. Und ich erlebte es zwei Nächte nacheinander live – ohne Zusammenfassung. In extenso. Nachdem ich die Nacht vor meiner Selbsteinweisung in die Notaufnahme auch schon nicht geschlafen hatte.

Am nächsten Tag erfuhr ich von verschiedenen Seiten die ganze Geschichte des armen alten Mannes im Bett mit der Spezialmatratze: knapp achtzig Jahre alt, einhundertsechzig Kilo schwer, seit fünf Jahren querschnittsgelähmt nach einer misslungenen Operation an der Wirbelsäule, seit drei Wochen im Krankenhaus aufgrund einer Operation am offenen Bein. Eine Wunde, die nicht heilen wollte. Erst gar nicht. Dann nur langsam.

*

Am ersten Morgen nach meiner Operation kam die Frau des armen Mannes zu Besuch. Selbst, wie ich erfuhr, dauerhaft gehbehindert, auf eine Krücke angewiesen. Anfang, Mitte siebzig schätzte ich die Frau. Jovial, redselig, sehr um ihren Mann bemüht. Sie unterhielt sich mit ihm, als ob ich gar nicht anwesend wäre. So erfuhr ich alles. Wirklich alles. Über ihren Mann und über sie. Daten- und Patientenschutz waren neumodische Dinge, von denen diese alten Leutchen nichts wussten, nichts ahnten.

Später kam noch eine – die heißen heutzutage wirklich so – Wundmanagerin hinzu, die sich um das offene, so langsam dann doch wieder halbwegs geheilte Bein des alten Mannes kümmerte, und kurz darauf eine normale Krankenschwester, um den alten Mann zu pflegen, zu waschen, die Beutel mit den Exkrementen zu wechseln. Die eine meinte – in nasalem, einen grippalen Infekt indizierenden Tonfall – zur anderen, dass sie doch recht nasal klinge. Ja, meinte die andere, das könne sie aber nur stante pede zurückgeben. Beide, stellte sich heraus, kämpften seit Tagen mit einer Erkältung, schleppten sich aber zu Arbeit, weil sie ihre Kolleginnen und Kollegen nicht im Stich lassen wollten – die wegen Arbeitsüberlastung aufgrund personeller Unterausstattung so und so schon auf dem letzten Loch pfiffen.

So erlebte ich live, was ich über Jahrzehnte aus den Medien und aus Fachzeitschriften so und so schon wusste, aber zum Glück nur gelegentlich, etwa beim Erbitten und Erbetteln eines Facharzttermins, selbst hautnah erleben musste: In einem kranken Gesundheitssystem, kaputtgespart in Jahrzehnten des neoliberalen Privatisierungsfurors zugunsten maximaler Profitsteigerung, müssen zwei selbst kranke Krankenschwestern einen noch schwerer erkrankten Menschen pflegen – einen alten, schwer übergewichtigen, querschnittsgelähmten Mann, der am gleichen Tag wie ich nach Hause entlassen wurde. Dort gepflegt von seiner gehbehinderten Frau, jeden zweiten Tag kurze Zeit unterstützt von einer – höchstwahrscheinlich weiblichen – Pflegekraft von der Sozialstation. Die Einstufung in eine Pflegestufe, die ihm eine ganztägige Rundumpflege ermöglicht hätte, wurde dem armen alten Mann nämlich verweigert.

Wohlgemerkt: Ich selbst konnte nicht meckern. Nur viereinhalb Stunden nach meiner Selbsteinweisung in die Notaufnahme wurde ich operiert, schon zwei Tage später aus dem Krankenhaus entlassen. Alles, von der kleinen Kalamität mit der Schlafapnoe meines Nachbarn abgesehen, lief perfekt. Aber nur, weil sich Engel in weißen, hellblauen oder hellgrünen Kitteln aufopferungsvoll um mich gekümmert hatten. Engel, die verhindern, dass wir nicht unnötig früh selbst zu Engeln werden – ohne weiße, hellblaue oder hellgrüne Kittel. Oder gelegentlich auch zur Hölle fahren.

„Unter den Blinden"

Wer die schelmische, wenn nicht sarkastische bis böse Bezeichnung „Café unter den Blinden" für das „Café unter den Linden" in die Welt gesetzt hat, weiß ich nicht. Auf jeden Fall trifft sie in metaphorischem Sinne die Wirklichkeit, zumindest gelegentlich. Es verhält sich nämlich so, dass das „UdL", wie unter Insidern abgekürzt wird, zu den wenigen verbliebenen Cafés gehört, die ihren Gästen eine sehr gute Auswahl von Zeitungen und Magazinen anbieten. Und die werden natürlich gelesen. Nachmittags beim Kaffeetrinken oder abends beim Feierabendbier oder einem Gläschen Wein. Manche bringen auch Bücher mit, Romane, die sie gerade lesen, oder auch, wie ich in der Regel, eine Fachzeitschrift, die es im Café nicht gibt. Viele Gäste sind also in ihrer Lektüre vertieft und erst mal unzugänglich für das, was um sie herum geschieht – sie sind also in einer bestimmten Weise blind, nehmen das soziale Leben, das sich links und rechts von ihnen abspielt, oft nicht wahr.

Früher war das übrigens noch weit schlimmer als in den letzten Jahren. Ich selbst bin seit fast vier Jahrzehnten Gast im UdL, gehöre also quasi schon zum Mobiliar. Mit der Entwicklung des Schanzenviertels, an dessen Rand das UdL liegt und ich wohne, von einem ehemals ganz normalen Hamburger Stadtteil zu einem Szeneviertel, einer Amüsiermeile, hat sich auch das Publikum des UdL etwas geändert. Es ist jünger geworden und greift nicht mehr so häufig zur Süddeutschen oder FAZ wie das ältere. Prollige, zumindest akustisch krawallige Kundschaft, die vor allem am Wochenende, zum Glück nur in Maßen, am Schulterblatt, der Hauptamüsiertrasse des Viertels, auftaucht, meidet das UdL dankenswerterweise nach wie vor. Aber es gab und gibt über die Jahre mehr und mehr junge

Leute, oft in größeren Gruppen, die selbst im UdL dazu tendieren, sich zu unterhalten. Und womöglich sogar mal zu lachen. Obendrein etwas lauter. Im Extremfall.

Eine interessante bis amüsante Entwicklung ist auch, dass ein harter Kern alt eingesessener Gäste im Laufe der Zeit, man munkelt, immer älter wird – selbst mir passiert so was –, der Großteil der Bedienungen aber jung und frisch bleibt. Er setzt sich, von wenigen altgedienten Ausnahmen abgesehen, nämlich oft aus Studierenden zusammen, die im UdL jobben, um sich ihr Studium mitzufinanzieren. So sieht man diese jungen Menschen einige Jahre. Freundet sich gelegentlich sogar etwas an. Freut sich, wenn man sich sieht. Und dann sind sie plötzlich wieder weg. Das Studium ist zu Ende, und der erste Job fand sich beispielsweise in Berlin. Viele, die in Hamburg blieben, kommen nach ihrer Zeit als Jobber aber immer wieder auch als Gäste ins UdL zurück. Die Aktiven und die Ehemaligen bilden eine kleine Familie, hier und da auch zusammen mit langjährigen Gästen.

Weil nun viele der alteingesessenen Gäste zu den, siehe oben, sozial Blinden gehören, dauerte und dauert es gelegentlich lange Jahre, bis man sich, wenn überhaupt, nicht nur optisch wahrnimmt. Man nickt dann, nach nicht selten einem Jahrzehnt der Karenz, freundlich zum Gruße, setzt sich – und fängt an zu lesen. Ende der Kommunikation. Oft ist der Anlass, dass man sich erstmals anspricht, der Umstand, dass alle Tische im UdL besetzt sind, an manchen aber nur ein Lesender sitzt, den man dann also tollkühn fragt, ob man sich dazusetzen dürfe. Ganz leise natürlich. Und nur zum Lesen. Man darf fast immer.

Wenige Ausnahmen habe ich über die langen Jahre nur bei zuvor nie gesehenen Fremdlingen, Touristen etwa, erlebt, die hier und da reagierten, wie wenn man ihnen einen unsittlichen Antrag gemacht hätte oder Drogen verkaufen wollte. Zwei junge Damen etwa reagierten einmal auf meine Frage mit eisernem Schweigen. Aber sie antworteten nonverbal recht wortreich. Sie sahen sich und dann mich konsterniert bis empört an und bekamen leicht rote Backen. Ich entschuldigte mich gestisch und mimisch, inklusive leichtem Kotau, und suchte einen weiter entfernten anderen Tisch auf, einen, an dem nur eine Person, ein Mann, ein Lesender saß.

Der schmunzelte mich nach meiner Frage an: „Klar!" Und legte gleich nach: „Die Mädels in diesem Alter sind gelegentlich doch recht wundersam." Er musste die Szene also mitbekommen haben. Von wegen sozial blind! Nun, ich zog meine Fachzeitschrift raus und wir beide beugten uns über unsere Lektüre.

Über die Jahre passierten im UdL natürlich viele ulkige Dinge. Ein paar davon seien im Folgenden erzählt. Und es sei vorab angemerkt: Alle Namen sind frei erfunden, die Menschen, deren Persönlichkeitsschutz somit gewahrt bleibt, aber nicht.

*

Ich saß draußen im Garten und las. Soll vorkommen. Eine größere Gruppe, ich erinnere sechs Personen, tauchte auf und setzte sich mir gegenüber an einen der großen Gartentische, gefertigt aus Holzlatten mit schmalem Zwischenraum, falls es dann doch mal regnet. Soll auch vorkommen. In Hamburg. Vier ältere Semester waren zu sehen und zwei jüngere. Womöglich die Kombination Schwiegereltern und werdendes oder schon gewesenes Brautpaar. Vom lockeren Outfit her eher ein irgendwann noch werdendes.

Frederik kam raus. Er gehört zu den wenigen, die schon lange Jahre im UdL arbeiten. Frederik ist ein Mensch der eher ruhigen, zurückhaltenden Sorte. Manche meinten schon, er sei hier und da auch etwas grummelig. Er sagt wenig. In der Tat. Aber was er sagt, hat es gelegentlich in sich. Stille Wasser sind, so zumindest der Volksmund, nicht selten tief.

Frederik sah die sechs neuen Gäste fragend an, einen Notizblock und Kuli schon in der Hand. Der Reihe nach nahm er die Bestellungen auf. Die junge Dame war am Schluss dran. Sie meinte: „Einen Tomatensaft, bitte!" Frederik notierte es pflichtschuldig. „Und bitte auch mit Tabasco!", schob die junge Frau hinterher. Frederick nickte gespielt liebedienerisch und notierte auch diesen Wunsch.

Einige Zeit später kam er mit einem großen Tablett zurück, darauf alle georderten Getränke. Er stellte eines nach dem anderen auf den Tisch, direkt vor die Person, die es jeweils bestellt hatte. Die hatte er sich also gemerkt. Am Schluss war wieder die junge Frau dran. Frederik platzierte Tomatensaft und Tabasco direkt vor ihr, deutete dabei scherzhaft einen kleinen Diener an und wünschte ihr ganz ungerührt: „Guten Flug!" Er bog ab und ging.

*

Ich war draußen gesessen, an einem Tisch im Bereich zur Straße hin – es gibt auch einen kleinen Terrassenbereich direkt am Haus –, ziemlich in der Mitte. So irgendwie und ungefähr. Ich ging rein, um meinen Espresso zu bezahlen, und sah Frederik hinter der Kasse, der lustlos auf das große Display guckte, bereit, darauf meinen Tisch anzutippen, um zu überprüfen, was ich denn getrunken hatte und bezahlen musste: „An welchem Tisch bist Du gesessen?" Ich drehte mich leicht Richtung Tür, streckte den Arm aus und fuchtelte mit ihm in der Luft herum: „Also da vorne gleich, fast an der Straße, so ein bisschen weiter links, aber nicht ganz, also nicht ganz an der linken Ecke, sondern mehr landeinwärts, so auf halber Strecke zum Telefonkasten, also unweit, Du weißt schon, der …" Benedikt unterbrach: „Alles gut, habe Dich schon gefunden dank Deiner präzisen Beschreibungen."

*

Ein weiterer großer Gartentisch steht direkt links vor dem Eingang des UdL, das übrigens in einem, könnte man sagen, angetäuschten Souterrain liegt – nur zwei Stufen tief geht es hinunter. Ich saß ganz am Rande an der Front des Tisches, an dessen längeren Seiten je ein kleines Holzbänkchen steht, auf einem Stuhl, den ich mir da hingestellt hatte. Das war mein Lieblingsplatz, weil er direkt unter der Eingangsbeleuchtung des UdL liegt und man dort auch abends und in früher Nacht gut Zeitung oder sonst was lesen kann. Seit etwa zwei Jahren ist das eigentlich sinnlos, weil ich seitdem alle meine Abos von Fachzeitschriften auf digital umgestellt habe und nur noch auf meinem Tablet lese. Da braucht es keine externe Beleuchtung. Der zweite große Vorteil dieses Platzes ist aber, dass man direkt an der Einflugschneise sitzt und Bedienungen beim Reingehen oder Rauskommen abfangen kann, um etwa ein zweites Bier zu bestellen.

An meinem großen Tisch saß außer mir niemand. Ansonsten waren im Straßen- und Terrassenbereich fast alle Tische, vor allem die beiden anderen großen Gartentische, aber auch die meisten kleinen Rundtische besetzt.

Irgendwann kam eine Gruppe von fünf Personen vorbei. Vier ältere Menschen, ein Mann, drei Frauen, meine Altersklasse ungefähr, und eine junge Frau, Anfang Mitte zwanzig etwa. Sie standen unweit von mir und suchten mit den Augen nach einem freien Tisch, an den alle passen würden. Manch Blick fiel auch kurz auf meinen Tisch, aber es traute sich anscheinend keiner, mich zu fragen. Also guckte ich die Gruppe freundlich an und bedeutete mit ausladender Geste und einem „Bitteschön!", dass man auch gerne an meinem Tisch Platz nehmen könne. „Dankschäh!" tönte es mir in breitem Alemannisch entgegen. Man platzierte sich, die älteren Leute je zwei auf den Bänkchen, die junge Frau an der mir gegenüber liegenden

Frontseite auf einem Stuhl, den sie sich an einem der Nachbartische ausgeliehen hatte.

Ich versuchte weiterzulesen, wurde aber immer wieder von den Gesprächen dieser fünf Leute abgelenkt. Weniger dadurch, was sie inhaltlich sagten, sondern wie sie es sagten, wie sie es aussprachen – breit alemannisch eben. Dort unten im tiefen Süden Deutschlands war ich aufgewachsen, unweit des Bodensees. Mir war dieser Slang, dieser Tonfall, dieser Dialekt also sehr gut bekannt, ja, ich kann bis heute sogar kleine dialektale Unterschiede heraushören, die es dort auf dem Lande von Dorf zu Dorf, Städtchen zu Städtchen gibt. Zu erkennen natürlich nur von Fachleuten, Einheimischen oder Ehemaligen wie mir.

Nach einiger Zeit kam in der Gruppe das Thema auf, wie die vier Älteren zurückkommen zu ihrem Hotel, das, wie ich hörte, an den Colonnaden lag, einer der berühmtesten und auch schönsten Straßen im Hamburger Innenstadtbereich. Sie endet direkt an der Binnenalster, dem kleineren Teil der Alster, des Sees mitten in der Hansestadt. Die junge Frau erklärte die Sache extrem umständlich und schlug einen noch viel umständlicheren Rückweg vor – mit Umstieg von Bus zu Bahn oder umgekehrt, so genau erinnere ich das nicht mehr. Wie sich gleich herausstellen sollte, lebte die junge Frau – des Studiums wegen – noch nicht lange in Hamburg. Der Mann und die neben ihm sitzende Frau waren ihre Eltern, die beiden anderen älteren Damen Freundinnen der Familie. Alle das erste Mal auf Besuch in Hamburg. Auch das sollte ich gleich erfahren.

Zunächst aber konnte ich es nicht länger ertragen, wie die junge Frau, ohne es zu wollen, die Rückkehr der anderen zu ihrem Hotel zu einer zwingend zum Scheitern verurteilten hochkomplexen Abenteuerreise in fremde, unerschlossene, wenn nicht gefährliche Gefilde geraten ließ.

„T'schuldigung, liebe Leute, aber das geht viel einfacher. Ihr geht hier links die Straße runter, immer geradeaus über die beiden kommenden Kreuzungen hinweg. Am Ende der Straße, von hier aus nur etwa 200 Meter entfernt, geht Ihr kurz links unter einer Bahnbrücke durch, und gleich rechts dahinter ist dann die S-Bahn-Station Sternschanze. Ihr steigt in die nächste S-Bahn Richtung Innenstadt, und schon die nächste Station, Dammtor, steigt ihr wieder aus. Von da aus sind es zu Fuß nur sieben Minuten bis zu den Colonnaden."

Alle guckten etwas erstaunt, wenn nicht skeptisch. Meine Wegbeschreibung konnte kaum weiter entfernt sein von dem, was die junge Frau gesagt und vorgeschlagen hatte.

„Also, ich lebe in Hamburg seit 47 Jahren und hier im Viertel seit 38 Jahren und kenne mich so ein bisschen aus."

Jetzt schauten alle schon etwas zutraulicher drein. „Und ich nutze mal die Gelegenheit: Kommt Ihr aus Radolfzell?"

Jetzt guckten alle wieder hoch erstaunt, aber auch freundlich überrascht – und irgendwie auch wie ertappt.

„Sell höret Sie?", sprach der Mann und lächelte mich erwartungsvoll an.

„Ho jo, sell hör i!", meinte ich – all meine Alemannischkenntnisse aufbietend.

„Sie hond abr grad ebbe total Hochdeutsch g'schwätzet! I honn konn süddeutsche Akzent g'höret!"

Nun, ich erklärte im Schnellkurs, dass meine Familie aus Ost-Berlin stammt, kurz vorm Mauerbau aber in den Westen flüchtete und schließlich in Stockach am Bodensee gestrandet ist, wo ich eben aufwuchs, ohne das Alemannische als Berliner Großschnauze jemals übernommen zu haben – in einer Großfamilie, in der alle heftig berlinerten, und am Rande des Städtchens in einem Neubaugebiet wohnend, in dessen Wohnblocks zunächst nur andere Flüchtlingsfamilien aus Ostdeutschland und den ehema-

ligen Ostgebieten lebten, in denen niemand Alemannisch
sprach.

Der Mann wog den Kopf und sagte dann, dass nur drei
von ihnen aus Radolfzell kämen, er, seine Frau und seine
Tochter. Die Freundinnen seien aus Sigmaringen und
Meßkirch – letztere saß rechts direkt neben mir.

„Aus Meßkirch?" Ich sah die Frau erfreut an.

„Ho jo, warum itte?", meinte sie und lachte.

Wieder bot ich all mein Alemannisch auf: „Kennet Sie
de' Frisörsalong Scheunemann?"

„Ho jo kenn i den! Do bin i scho immr und loss'mr
d'Hoor schneide und legge." Sie sah mein hoch erfreutes
Gesicht. „Warum frooget Se?"

„Weil Ihne denn seit Joore mein große Bruder Herbert
d'Hoor schneidet und legget!"

*

Gustav, so nenne ich ihn mal, gehört, wie ich, zur gäste-
technischen Grundausstattung des UdL – und er gehört zu
den vielen, die sich lange Jahre nur optisch wahrnahmen,
um dann irgendwann, warum auch immer, zum Äußersten
zu schreiten und anderen Dauergästen zumindest freundlich zuzunicken beim Kommen oder Gehen. Bei Gustav
dauerte der Schritt zum Äußersten besonders lange, weil
er sich zum Lesen oft in die hinterste Ecke des Cafés ver-
kroch, sozial und kommunikativ völlig isoliert. Einerseits.
Andererseits kam er aus dieser Ecke oft schon nach fünfzehn oder zwanzig Minuten wieder heraus, um eine gelesene durch eine ungelesene Zeitung zu tauschen.

Man muss dazu wissen, dass die Zeitungen, manierlich
in hölzerne Zeitungshalter geklemmt, gleich links vom
Eingang und direkt neben einem metallenen Art-déco-
Garderobenständer an einer Hutablage hängen. Wenn man
am ersten kleinen Rundtisch gleich links auf der Bank mit
dem Rücken zur Wand sitzt, befindet man sich fast direkt

unterhalb der Hutablage. Und ich glaube zu erinnern, dass ich, dort sitzend, erstmals Gustav ansprach, als er – mal wieder – auftauchte, um eine neue Zeitung zu holen. Man kommt sich in dieser Konstellation, ganz ungewollt, ziemlich nahe.

Man muss zudem wissen, dass Gustav etwas längere, schon leicht schüttere und vor allem schneeweiße Haare hat, die ziemlich wirr und zerzaust sein Haupt bedecken. Über die Jahre hat sich sein Haarkleid dann doch etwas zurückgezogen, aber nur, um eine immer längere und breitere Denkerstirn freizugeben. Ich dachte mir oft: Dieser Mann, seinen Namen kannte ich ja noch nicht, muss bestimmt ein schlauer Kopf sein – wenn man schon wie Einstein aussieht und dann auch noch Zeitungen in einer Windeseile liest, wie ich das nie könnte. War er irgendein Wissenschaftler? Ein Dozent für Philologie oder Literaturwissenschaften?

Meine Neugier stieg von Jahr zu Jahr, bis ich ihn, zufällig, wie gesagt, unter besagter Zeitungsgarderobe sitzend, dann doch eines Tages ansprach. Er wollte mal wieder eine gelesene durch eine ungelesene Zeitung austauschen und stand dabei nur etwa einen Meter neben mir. Ich rutschte auf meiner Bank etwas weiter weg, sodass er besser an die Zeitungen herankam. Er bedankte sich. Ich schaute über meine Lesebrille zu ihm hoch und meinte, dass er ja wohl der Kampfleser vor dem Herrn sei – bei der Geschwindigkeit, in der er die FAZ oder TAZ oder die Süddeutsche durchziehe.

Er schmunzelte etwas verlegen, guckte gleich wieder zu den Zeitungen hoch und meinte nach kurzer Pause: „Also, nicht unbedingt, ich löse immer nur die Kreuzworträtsel."

„Ach!", meinte ich, neigte den Kopf und las weiter. Endlich wusste ich Bescheid.

*

Es war der 20. Juni 2024 – Tag der Sonnenwende. Weil dieses Jahr ein Schaltjahr war, der Februar also 29 Tage hatte und nicht 28 wie sonst, fiel die Sonnenwende auf den 20. und nicht 21. Juni. Das hatte mich zunächst etwas durcheinandergebracht. Und nicht nur mich. Viele, wie sich zeigen sollte, hatten nicht parat, dass schon heute der große Tag aller Heiden, Barbaren und anderer netter Menschen war.

Ich kam kurz vor zehn Uhr abends im UdL an, legte draußen meine Sachen auf einen Stuhl, an einem Tisch nahe des Eingangs, und ging gleich rein, um mir mein erstes Feierabendbier zu holen, direkt am Tresen. Mache ich immer so, wenn es schnell gehen soll. Also eigentlich immer.

Hinterm Tresen standen zufällig gleich drei mir gut bekannte Bedienungen. Ich wurde freundlich begrüßt. Mein Bier musste ich nicht lange bestellen. Eine der Bedienungen, ein junger netter Mann, hatte mich draußen schon gesehen und drückte mir die wunderbar kühle Flasche gleich in die Hand. Ich nutzte die Gelegenheit:

Ob man, meinte ich, denn schon seelisch und moralisch vorbereitet sei darauf, dass schon heute, und zwar um 22:50 Uhr, also in nur einer knappen Stunde, Sonnenwende sei? Ob man barbarische Gesänge und heidnische Riten aufzuführen gedenke? Auf jeden Fall! Ertönte es dreistimmig hinterm Tresen, darunter die Stimme einer meiner Lieblingsbedienungen, optisch eine Enkelin von Greta Garbo. Na, dann sei ich ja zufrieden, meinte ich, nahm mein Bier und ging nach draußen.

Nach einer halben Stunde wurde im Garten die übliche letzte Runde angekündigt – um 23 Uhr muss während der Woche draußen dicht sein. Garbos Enkelin guckte mich erwartungsvoll an. Ich meinte, wie üblich, noch ein Kleines trinken zu wollen. Aber heute bitte aus einer Schädeldecke. Ihr Gesicht wechselte schnell von völlig verdattert

auf der Groschen ist gefallen. Das könne schwierig werden, meinte sie. Ich fragte, ob die Schädeldecken denn alle
seien? Genau! Sagte sie erleichtert und lachte endlich laut
heraus.

———————

Letztens beim Arzt und in der Apotheke

Wohl jeder Mensch macht sich Gedanken, wenn über die Jahre die Plaques in den Halsschlagadern dicker werden. Speziell natürlich auf dem Weg zur nächsten jährlichen Ultraschalluntersuchung: Sind die Dinger wieder gewachsen? Sind die Gefäße inzwischen kritisch eng? Droht ein Schlaganfall? Müssen Stents gesetzt werden? Wie wird die OP laufen? Wer kommt zu meiner Beerdigung?

Heute sollten die düsteren Ahnungen schnell verfliegen. Dabei muss man zunächst wissen, dass ich vor dem Arztbesuch in einer Fachzeitschrift einen sehr interessanten Artikel zu neuen Aspekten der sogenannten Urknalltheorie gelesen hatte – und darüber etwas die Zeit vergaß. Ich war also etwas in Hektik und eilte forcierten Schrittes zur Praxis, die zum Glück nicht weit entfernt liegt von meinem Haus und zu Fuß recht schnell zu erreichen ist. Auf jeden Fall war ich gedanklich noch bei Urknall & Co. und vor allem bei der sogenannten kosmologischen Inflationstheorie. Diese ist integraler Bestandteil der Urknalltheorie. Nach ihr hat sich das Universum in aberwitzig kurzer Zeit gleich nach dem Urknall inflationär aufgebläht, und zwar in aberwitziger Geschwindigkeit, weit schneller als die maximale Lichtgeschwindigkeit, die sonst der heilige Gral der Physik ist. Als Wahrheitsfanatiker, kritischer Erkenntnistheoretiker, knüppelharter Rationalist und Physikalist konnte und kann ich über diese frei erfundene Fantasiebehauptung, die man zu einer wissenschaftlichen Theorie geadelt hatte, nur den Kopf schütteln. Aber egal, das ist ein anderes Thema.

Auf jeden Fall war ich nicht nur in Eile und Hektik, sondern massiv gedanklich abgelenkt. Und ich stand, wie gesagt, etwas unter Strom – urknallbedingt.

Ich trat also, sogar fast pünktlich, an den Empfang der Praxis. Dahinter saß eine ebenso freundliche wie erfreulich anzusehende Arzthelferin, die mich auffordernd anlächelte, mit ihrem „Guten Tag, was kann ich für Sie tun?" hemmungslos in ihren Bann zog und schnell auch noch etwas schusselig bis begriffsstutzig werden ließ – wobei ich im Folgenden die Namen der Involvierten aus Gründen des Personenschutzes leicht verändert habe, nicht aber die Sachverhalte:

„Tach, Albert Nierenstein mein Name, habe um 15 Uhr einen Termin bei Doktor Müller-Streugut für eine Urknalluntersuchung", meinte ich und schob parallel meine Versichertenkarte über den Tresen.

Die Helferin wandte den Blick schon Richtung Bildschirm, um zu sehen, ob sich ein solcher Termin finden würde. Mittendrin dämmerte ihr aber, dass das Gesagte nicht ganz den in der Praxis gepflegten Untersuchungsmethoden und -gegenständen entsprach. Noch bevor sie ihren fragenden Blick akustisch zu untermauern begann, war mir klar geworden, welch kolossaler, wenn nicht kosmischer Lapsus mir da unterlaufen war:

„Ähm, also, ich wollte wohl ‚Ultraschalluntersuchung' gesagt haben."

Auch den Arzt amüsierte das mit dem Urknall köstlich, zumal ein solcher, wie er meinte, eher bei Darmspiegelungen und deren Vorbereitung assoziiert werden könne, die er, wie ich wisse, auch in seinem Repertoire habe.

Die Ultraschalluntersuchung zog sich dann auch etwas hin. Ich kenne Doktor Müller-Streugut seit langen Jahren. Er ist ein schlauer und auch humorvoller Mann. Während er mit dem Sonagrafen zunächst über meinen Bauch strich und dann meine Halsschlagadern untersuchte, warfen wir uns gegenseitig die Bälle zu, erzählten Anekdoten vor allem aus dem Berufsleben. Er über Kunstfehler beim Diagnostizieren und Therapieren. Ich über Kunstfehler beim Denken und Formulieren. Und so passierte es, dass die Erschütterungen meines Zwerchfells dann doch hier und da die Schärfe der Ultraschallbilder leicht in Mitleidenschaft zogen.

Schließlich war es geschafft. Und es hatte sich herausgestellt, dass meine Plaques seit der letzten Untersuchung nicht gewachsen waren – meine Ernährungsumstellung und das Statin, der Cholesterinsenker, den ich seitdem nahm, hatten gewirkt. Das hob meine Stimmung noch mehr. Ich verabschiedete mich und ging.

*

Draußen fiel mir ein, dass ich auf dem Rückweg noch zur Apotheke wollte. Aber wegen was ganz anderem. Vom Statin hatte ich zu Hause noch genug. Ich schlenderte gut gelaunt die Straße entlang. Zur Steinadler-Apotheke bei mir um die Ecke waren es nur wenige Hundert Meter.

Eine nette Frau mittleren Alters stand hinterm Tresen. Ich war gleich dran:

„Tach, hätte gerne Ibuprofen 400, ein preiswertes Generikum bitte."

„10er-, 20er- oder 50er-Packung?"

„20er."

Sie legte die Packung auf den Tisch: „Kennen Sie sich aus mit der Dosierung?"

„Ja klar, zehn auf einmal mit möglichst viel Alkohol."

„Ich sehe, Sie kennen sich aus."

———————

Die Lochbutze, die Matratze und der Neptun

Man kann sich ja mal verheddern. Sprache ist ein hochkomplexes Gebilde, ein dichtes, für viele undurchdringliches Geflecht unglaublich vieler grammatischer Regeln. Die achte Auflage der Duden Grammatik – die letzte, die mir vorliegt – kennt 2094 sogenannte Randnummern, die man, Pi mal Daumen, mit der Gesamtzahl der Regeln der Deutschen Grammatik gleichsetzen kann. Ich kenne keinen Menschen, inklusive meiner eigenen Person, der all diese Regeln auswendig und explizit, also jederzeit abrufbar im Kopfe hätte. Aber ein auch nur halbwegs gebildeter und belesener Muttersprachler hat sie halt doch irgendwie im Schädel – mit der Betonung auf irgendwie: sedimentiert in den Tiefen des Netzwerks aus Milliarden von Neuronen in unserem Gehirn, also größtenteils unbewusst abgespeichert. Auf Verlangen kann man einige dieser Regeln explizit äußern – dass man beispielsweise „nämlich" nicht mit „h" schreibt, sonst ist man bekanntlich dämlich.

Okay, das war ein kleiner schlechter Witz am Rande, weil er am Sachverhalt völlig vorbeigeht, denn die richtige Schreibweise eines Wortes ist Sache der Duden Rechtschreibung, der Orthografie – ein Wort, dem Griechischen entlehnt, das man direkt mit geradem, aufrechten, senkrechten Schreiben übersetzen könnte. In der Grammatik geht es hingegen um die Regeln, wie – hoffentlich richtig geschriebene – Wörter miteinander zu sinnvollen Aussagen verbunden werden müssen. Also um Syntax. Und es geht um Flexion, also Konjugation oder Deklination von Wörtern, auch Beugung genannt, oder auch Interpunktion, also Zeichensetzung. Die Wörter beziehungsweise ihre Sprecher beugen sich quasi den Regeln. Oder gelegentlich auch nicht. Dann entstehen Fehler – und man versteht, wenn das sehr grobe sind, womöglich nur noch Bahnhof.

Solche Fehler unterlaufen auch Autoren und Lektoren wie mir. Man ist berufsbedingt natürlich etwas fitter in Sachen Grammatik & Co. als der Bevölkerungsdurchschnitt, aber bei Weitem nicht, trotz anderslautender Gerüchte zwielichtiger Herkunft, perfekt. Wenn ich als Lektor einen Text korrigiere, markiere ich das entsprechende Wort oder das Wortgefüge und schreibe die Korrektur in einen Kommentar, der dann am Textrand erscheint. Fehlt zum Beispiel zwischen „sagte dass" ein Komma, markiere ich „sagte dass" und schreibe dann in den zugehörigen Kommentar nur noch „Komma", weil völlig klar ist, was gemeint ist und gemacht werden muss. Analog schreibe ich „Kein Komma", wenn eines irgendwo steht, das da nicht hingehört.

Nun, wenn ich eine Korrektur in den Kommentar schreibe, bin ich in diesem Moment selbst Autor – ich schreibe ja gerade etwas. Und als Autor kann ich Fehler machen wie jeder andere schreibende Mensch auch. Einer der schönsten Fehler, die mir je unterlaufen sind, war, dass ich in einen Kommentar nicht „Komma" schrieb, sondern „Koma" – als Korrekturvorschrift, als Handlungsanweisung, wohlgemerkt. Und ausgerechnet in den Text des Chefredakteurs eines Periodikums, dessen Namen ich hier aus Gründen der Pietät lieber verschweige. Mein Glück: Wir kannten uns gut, waren seit langer Zeit per Du, was im Verlagswesen oft sehr schnell der Fall ist. Und so schrieb er in den Subkommentar nur lapidar: „Och, heute lieber mal nicht …" Einem anderen Redakteur schrieb ich mal zurück: „Denke!" statt „Danke!" Ich weiß bis heute nicht, wie er reagiert hat. Wahrscheinlich hat er sich, meinem Imperativ folgend, an den Kopf gefasst.

Und nicht nur beim Schreiben, auch beim Lesen kann man sich verheddern – auch als professioneller Korrekturleser. Ich bin vor längeren Jahren öfter an einem Matratzen- und Bettenladen vorbeigekommen, er lag unweit der Universität Hamburg, an der ich studiert und promoviert habe und danach immer wieder Lehrbeauftragter war. Hier und da guckte ich im Vorbeigehen auch mal in die Schaufenster des Ladens. Immer wieder gab es wechselnde Angebote. Matratzen, Bettbezüge, was auch immer. Eines Tages sah ich an einer mächtig preisgesenkten Matratze ein – neben dem Preisschild – zweites angepinntes Schildchen: „Für *Algerier* besonders geeignet."

Man sieht, auch Lektoren können sich mal verlesen, Fachleute, die gegen so etwas eigentlich *allergisch* reagieren sollten. Es gibt, womöglich bin ich da nicht ganz allein, auch gewisse Grundblödheiten, wie ich sie mal nennen möchte, die über die Jahre einfach nicht besser werden wollen. Immer wieder lese ich zum Beispiel, dass irgendjemand etwas „*rein*tegrieren" möchte. Daraus würde – übrigens grammatikalisch völlig korrekt – resultieren: „Er tegrierte etwas rein." Natürlich ist das semantischer Unsinn. Aber vielleicht lerne ich doch noch mal, „*rein*tegrieren" zu lesen, wo „reintegrieren" steht.

Ein weiterer Klassiker im Repertoire meiner lesetechnischen Grundblödheiten ist, dass ich nicht selten „*bein*halten" lese. Am Satzanfang analog „*Bein*halten". Warum soll ich schon wieder mein Bein halten? Welchen Sinn hat das „*Bein*halten"?

Nun ja, die meisten Fehler entdecke ich natürlich in den Texten meiner Kundschaft. Dafür heuert sie mich ja an. In der Regel Alltagsfehler, Banalitäten – nicht erwähnenswert. Aber immer wieder schleichen sich auch teuflische Fehler, göttliche Patzer und wunderschöne Stilblüten ein. Hier ein paar Beispiele aus meiner Arbeit als Lektor aus den letzten paar Jahren:

Nach Meinung einer Redakteurin arbeitete ein Mensch, über den sie etwas schrieb, in einem „Miniterium". Eine andere schrieb, das kommende Wetter sei „scheißtrei-bend". Und einer ihrer schreibenden Kollegen berichtete über einen „abolsuten Profi" der Schreibkunst. „Bach-blech" sollte nicht etwa die Blechbläser in Bachs Weih-nachtsoratorium beschreiben, sondern das Gerät, das man braucht, um bestimmte Sorten von Kuchen zu backen. Kurz darauf war etwas „börsenkotiert", und gleich im nächsten Artikel beinhalteten Gerste, Hafer, Paprika und Spinat neuerdings „Sizilium". Von „Koksöl" erst gar nicht zu sprechen, das ich in einem Rezept als empfohlene Zutat fand.

Nett auch, was mir gelegentlich verschiedene Korrektur-programme – also KI – als Korrekturen vorschlugen: „ver-rosten" statt „verkosten", „Saufkopf" statt „Saugkopf" (ei-nes Staubsaugers), „krepiert" statt „epiliert", „Deckzeit" statt „Weckzeit" oder „Putschversuche" statt „Rutschver-suche" kleiner Kinder auf der Rutschbahn. Und eines mei-ner hoch künstlichen, wenn nicht künstlich hoch intelli-genten Korrekturprogramme wollte mal aus dem Nachna-men der NDR-Moderatorin Bettina Tietjen partout „Tit-ten" machen – was es übrigens seit geraumer Zeit nicht mehr tut. Da waren zwischenzeitlich wohl die Software-entwickler aus der Abteilung Zucht und Ordnung am Werk. Oder ist womöglich eine Korrektur-KI 2.0 rot an-gelaufen ob der Korrekturvorschläge von KI 1.0?

Sie sehen, dass der Werbespruch, den ich mal auf der Homepage eines Schreibbüros, also bei der Konkurrenz las, durchaus stimmt: „Ein einziger Buchstabendreher kann alles urinieren." Das zeigt auch ein Beispiel, das der hoch seriöse Rat für deutsche Rechtschreibung, der das Amtliche Regelwerk der deutschen Rechtschreibung her-ausgibt, nennt, um zu verdeutlichen, was formal richtige, aber semantisch völlig irreführende Trennungen anrichten können: „Ur-instinkt" solle man trennen und nicht „Urin-stinkt". Das rät der Rat ganz zu Recht.

Solche Stilblüten, teuflischen Fehler und göttlichen Patzer sind zwar amüsant – aber eben dazu da, vom Lektor korrigiert zu werden. Eigentlich schade, weil sich dann die geneigten Leserinnen und Leser daran nicht mehr delektieren können. Sondern nur der Lektor. Es sei denn, er ist so gemein, solche sprachlichen Missgeschicke seiner Kundinnen und Kunden zu veröffentlichen. Wie ich. Okay, so gemein bin ich dann doch nicht. Es blieben und bleiben ja alle Delinquenten anonym.

Ein ganz anderes Kaliber als solche kleinen, netten Fauxpas und Lapsūs sind jedoch Texte – in der Regel geschrieben von Fachleuten, Spezialisten, also sehr tief in eine sehr spezielle Materie eingearbeiteten Experten –, die eigentlich gar keine Fehler beinhalten, weder formal noch inhaltlich, weder grammatisch noch semantisch, aber deren Lektüre bei außenstehenden Nichtmeistern des Faches oft nur mehr oder minder heftiges Schmunzeln, wenn nicht Kopfschlagen verursacht. Neulich lektorierte ich in einem Kundenmagazin eines Metall verarbeitenden mittelständischen Unternehmens Folgendes:

„Des Weiteren muss die Erneuerung der Tisch- und Stößelplatte der Abgratpresse sowie die Schaffung einer Abführmöglichkeit für Lochbutzen geplant werden."

Wie gesagt, das ist alles völlig richtig, formal wie inhaltlich – ich habe es auch inhaltlich überprüft, um sicherzustellen, dass ich nicht veräppelt werde. Aber man kann sich vorstellen, wie Freunde reagierten, denen ich das abends beim Biere als ulkiges Beispiel von Fachchinesisch in exaltierter Vollendung vortrug – selbstverständlich ohne die Quelle, die Autoren zu nennen. Persönlichkeitsschutz, ich wiederhole mich, muss schon sein.

Zum Glück geht Kommunikation, ob geschrieben oder gesprochen, nur selten komplett schief. In der Regel wird richtig verstanden, was gehört oder gelesen wird. Wäre das nicht der Fall – menschliches Zusammenleben, soziale

Beziehungen, aber auch Zusammenarbeit und Koordination in einer hochgradig arbeitsteiligen Ökonomie wären unmöglich. Anders gesagt: Menschliches Leben, wie wir es kennen, wäre unmöglich.

Die präziseste Sprache, die wir kennen, ist die Mathematik. In ihr sind die zwei grundlegenden Elemente von Sprache – das Vokabular und die Grammatik als das Gesamt aller Regeln, nach denen dieses Vokabular miteinander verknüpft werden muss, um sinnvolle und wahre Aussagen treffen zu können – so sehr formalisiert, systematisiert, präzisiert und definiert wie in keinem anderen sprachlichen Bereich. Kein Wunder also, dass Mathematik in den Wissenschaften das Instrument aller Instrumente, die Methode aller Methoden ist, speziell auch in den Naturwissenschaften, in denen der Präzisionsbedarf, etwa bei der Beschreibung des Allerkleinsten in der Quanten- und Teilchenphysik, am allerhöchsten ist. Nicht umsonst sagte der große Galileo Galilei sinngemäß: Das Buch der Natur ist in der Sprache der Mathematik geschrieben.

Ebenso interessant wie erstaunlich ist dabei, dass die ins Extreme getriebene Formalisierung der Mathematik dazu geführt hat, dass von jeder – also nicht nur physikalischen – Realität abstrahiert wird, also genau von dem, zu dessen Beschreibung sie in den Naturwissenschaften bevorzugt genutzt wird. Irgendeinen realen Inhalt, ein reales Sein hinter den mathematischen Zeichen und Symbolen gibt es nicht mehr. Für was die Koordinaten x oder y oder die Variablen a oder b stehen, ist – erst mal – völlig gleichgültig. Im Raum der reellen Zahlen (das sind die natürlichen ganzen, positiven wie negativen Zahlen und alle Zahlen, die irgendwie „dazwischen" sind: echte Brüche, die Kreiszahl π, die Quadratwurzel aus 2, die Eulersche Zahl etc.) kennt jede mathematische Gleichung mit mindestens zwei Unbekannten, zwei Variablen unendlich viele Lösungen. Das gilt schon für banalste Gleichungen wie $a + b = 8$, denn a und b können im Raum der reellen Zahlen alles sein, sie müssen in Summe nur 8 ergeben. Das gilt etwa für 2 und 6, aber auch für 2,1 und 5,9 oder 2,2 und 4,8 oder -2 und 10 usw. – schnell wird klar, dass es unendlich viele Lösungen für diese unscheinbare kleine Gleichung gibt.

Die Realität kennt aber immer nur genau eine Lösung, nämlich die, die die Realität im Hier und Jetzt gerade selbst darstellt – was übrigens, dies aber nur am Rande, auch für die sogenannte quantenphysikalische Unbestimmtheit gilt, denn sobald diese Unbestimmtheit (auch Überlagerung oder Superposition genannt) wirklich gemessen wird, gibt es wiederum nur exakt ein Messergebnis.

Wie gesagt, es ist kurios: Jene Sprache, die am weitesten von der Realität entfernt ist, ist ausgerechnet die, mit der diese Realität am präzisesten beschrieben werden kann – bis hin zur Voraussage zukünftiger physikalischer Ereignisse: wann etwa die nächste Sonnenfinsternis eintritt oder der nächste Vollmond.

Eine der faszinierendsten Erfahrungen mit Mathematik und ihrer demiurgischen, also schöpferischen Kraft ist für mich nach wie vor die Entdeckung des Planeten Neptun. Bevor er nämlich mit einem Teleskop vom deutschen Astronomen Johann Gottfried Galle 1846 entdeckt wurde, wurde er vom französischen Mathematiker Urban Le Verrier vorausberechnet. Vorausberechnet! Und zwar aufgrund von Bahnstörungen des damals schon bekannten Planeten Uranus. Nur eine sehr große Masse, die sich zu bestimmten Zeiten dem Uranus näherte und dann wieder entschwand, konnte diese Bahnabweichungen, verstanden als Resultat gravitativer Wechselwirkungen, erklären. Und so war es. Le Verrier hatte richtig gerechnet und vorausgesagt. Galles Teleskop, zu einer bestimmten Zeit auf einen bestimmten Raumbereich fokussiert, offenbarte – Neptun.

Damals gab es noch keine Computer. Alles, was die Mathematiker hatten, waren Papier und Stift. Und nur die Manipulation mathematischer Symbole (die freilich für physikalische Gesetze oder empirische physische Größen wie etwa die Masse des Uranus standen) – nur die Manipulation dieser Symbole nach strengen mathematischen Regeln offenbarte andere empirisch-physische Größen: die Masse des Neptuns und gleich auch noch seine Umlaufbahn – und damit ihn selbst.

Als ich vor wohl vierzig Jahren erstmals von dieser, für mich nach wie vor faszinierenden Art der Entdeckung des Neptuns las, war das der letzte Initiator für meine tiefere naturphilosophische und erkenntnistheoretische Beschäftigung mit dem Zusammenhang zwischen den Gesetzen des Denkens und der Sprache (Logik, Mathematik, Grammatik etc.) einerseits und den Gesetzen der Natur (Naturgesetze) andererseits. Und dabei ist es bis heute geblieben.

Der Zusammenhang zwischen Lochbutzen, Matratzen, der Astronomie und Mathematik ist also enger, als man zunächst erwarten würde.

Frau Nadig, ihr Sohn, der Lauterbach und das Narrengericht

Freund Huschu ließ nicht locker. Doch, ich müsse unbedingt die SWR-Aufzeichnung des letzten Narrengerichts in Stockach ansehen, sie sei sehr witzig. Auch Lauterbach sei sehr witzig, ja schlagfertig. Was ich mir kaum vorstellen konnte bei diesem optisch wie akustisch eher knarzigen Typen im Amte des Bundesgesundheitsministers. Okay, ich würde mal gucken, die Sache anzugucken.

Huschu wusste natürlich, dass ich – wie er selbst auch – kein großer Freund des Karnevals bin, auch nicht der sehr viel authentischeren Fastnacht im alemannischen Stockach, nahe Bodensee, wo ich, wie Huschu, aufgewachsen war. Die Fastnacht in diesem eigentlich recht kleinen, unscheinbaren Ort im ländlichen Süden Badens war und ist aber etwas Besonderes – wegen besagtem Narrengericht, das bis auf das Jahr 1351 zurückgeht. Denn vor dieses wurden seit Anfang der 1960er-Jahre schon Politikgrößen wie Kurt-Georg Kiesinger, Franz-Josef Strauß, Hans-Dietrich Genscher, Joschka Fischer, Angela Merkel oder eben Karl Lauterbach zitiert. Und oft zu heftigen Strafen verurteilt. Lauterbach unter anderem zu 240 Litern Wein. Die muss man erst mal weghauen.

Aber der Reihe nach. Ich sah mir erst mal eine etwa dreiminütige Zusammenfassung der gesamten Sendung an. Es war fast nur Lauterbach zu sehen. Und in der Tat hatte er hier und da einen guten Spruch drauf. In einer Einstellung sah man auch das „Hohe Grobgünstige Narrengericht", so das Selbsttitulat der hoch groblustigen Strafkammer, hinter Lauterbach sitzen. Und ich sah unverhofft einen alten Bekannten in seinen Reihen: Martin Bosch, der, wie ich recherchierte, Kämmerer des Tribunals. Ein alter Bekannter aus meiner Stockacher Zeit, die schon 1977 endete. Seitdem lebe ich in Hamburg, war über die langen Jahre und inzwischen Jahrzehnte aber immer wieder in Stockach und an meinem geliebten Bodensee.

Jetzt dachte ich mir spätestens, die gesamte Sendung anzusehen. Vielleicht würde ich noch andere alte Bekannte oder zumindest Gesichter wiedererkennen. Und so sollte es kommen – obwohl bei dem Fall, von dem ich jetzt erzählen werde, von einem Wiedererkennen kaum die Rede sein kann. Denn die Person, um die es gleich geht, war in meiner ersten Zeit in Stockach noch gar nicht auf der Welt.

Aber wieder der Reihe nach: Zu Beginn der Sendung zog das Narrengericht samt Staatsanwalt, Verteidiger und Angeklagtem auf die Bühne der Stockacher Stadthalle. Lauterbach wurde an einem um den Leib gebundenen dicken Kälberstrick mehr zart als hart aufs Podest gezogen, auf dass er nicht entkomme. Ihm voraus der Staatsanwalt, neben ihm sein Verteidiger, sein „Fürsprech". Als der Tross an einer der Kameras vorbeizog, wurden die Namen und Funktionen der Protagonisten eingeblendet. Beim Fürsprech war „Michael Nadig …" zu lesen. Ich stoppte das Video, spulte kurz zurück: „Michael Nadig …", ganz eindeutig. Ich sah mir die gesamte Sendung an, zwischendrin war immer wieder auch Michael Nadig zu sehen. Vor allem auch bei seinem Schlussplädoyer zugunsten des angeklagten Ministers.

Anfang der 1960er- bis fortgeschrittenen Mitte der 1970er-Jahre, also in meiner Zeit in Stockach, waren mir dort zwei Familien Nadig oder auch nur Nadigs bekannt: die Meierei Nadig in der Hauptstraße – hier kaufte meine Familie Milch und Käse ein und auch Seefisch, der dort jeden Freitag frisch angeboten wurde. Und dann gab es noch Frau Nadig. Meine Klassenlehrerin in der zweiten und siebten Klasse in der Grund- und Hauptschule zu Stockach. Wir hatten ein sehr gutes Verhältnis, mochten uns sehr. Als ich dann in Hamburg war, traf ich sie nur noch ein einziges Mal. In Stockach. Zufällig.

*

Während der Sendung, in der immer wieder Michael Nadig zu sehen und hören war, lief schnell ein zweiter Film ab – der in meinem Kopf. Der Film meiner Erinnerungen an Frau Nadig. Als ich sie und sie mich kennenlernte, war ich noch ein kleiner Knirps. Sieben, bald acht Jahre alt – wenn ich das und alles Folgende recht erinnere. Und Frau Nadig war frisch gebackene Grundschullehrerin in ihrem ersten Berufsjahr. Es war leider auch die Zeit, als mein Vater starb. Im Februar 1966. Frau Nadig bekam das natürlich mit. Und kümmerte sich um mich noch herzlicher als davor so und so schon.

Dann war sie plötzlich einige Jahre weg. Ich wusste damals nicht, warum. Aber zu Beginn der siebten Klasse war sie genauso plötzlich wieder da und gleich wieder meine Klassenlehrerin. Ich erinnere noch die Szene, als sie, von hinten kommend, den Klassenraum durchschritt. Neben mir hielt sie kurz inne, legte ihre Hand auf meine Schulter, sah mich an, und fragte: „Na, wie geht es Dir, Egbert?" Ich glaube, ich lief rot an. Obwohl ich inzwischen schon fast dreizehn Jahre alt war. Der Dorfjesus mit langen Haaren. Und voll cool zerfledderten und nur notdürftig geflickten Kultjeans.

Wenn man aufwächst, sind fünf Jahre eine sehr, sehr lange Zeit. Aber ich hatte Frau Nadig nicht vergessen. Und sie mich auch nicht. Und wie der Tod meines Vaters damals in der zweiten Klasse sollte eine weitere Tragödie in meinem Leben in der siebten Klasse eine wichtige Rolle spielen – auch in meinem Verhältnis zu Frau Nadig:

Unser Klassenkamerad Anton, damals einer meiner besten Freunde, erkrankte an Knochenkrebs. Zunächst musste ihm ein Bein abgenommen werden. In die Schule konnte er nicht mehr. Wir alle hofften aber, dass er wieder vollkommen genesen und zurückkommen würde. Deswegen ging ich während der Woche fast jeden Tag zu ihm nach Hause – einem Bauernhaus am Rande des Städtchens –, um mit ihm Hausaufgaben zu machen. Damit er nicht völlig den Anschluss verlieren würde. Frau Nadig stellte mir das gesamte Lehrmaterial zusammen. Fragte jedes Mal, wie es Anton ginge. Und wie es voranginge mit dem Homeschooling – wie man heute sagen würde. Zunächst wurde alles besser. Aber bald kam der Rückschlag. Kamen die Metastasen. Und Antons Tod.

Mir ging es in dieser Zeit nicht gut. Nach dem Tod meines Vaters war meine Mutter völlig auf sich allein gestellt. Mit damals noch vier von insgesamt sieben Kindern zu Hause. Drei Jahre nach dem Tod ihres Mannes erlitt sie einen schweren Schlaganfall. War halbseitig gelähmt. Da war ich zehn Jahre alt. Und meine Kindheit war zu Ende. Die Mutter umsorgte und pflegte seitdem nicht mehr das Kind. Sondern das Kind die Mutter. Alle anderen Geschwister, alle wesentlich älter als ich, waren inzwischen außer Haus, bis auf einen, mein nächstälterer Bruder. Der musste tagsüber aber arbeiten. Und abends und am Wochenende natürlich auch mal Freunde treffen. Klar. Er war also bei Weitem nicht so oft zu Hause wie ich.

Auch die Situation in meiner Familie bekam Frau Nadig mit. Nicht von mir. Ich schwieg eisern. Von meinen prekären familiären Verhältnissen sollte niemand etwas wissen. Aber Frau Nadig wusste doch davon. Woher auch immer. Sie war mir seit der Zeit ihrer Rückkehr an unsere Schule eine große Hilfe. Nahm mich, als sie mir das Lehrmaterial für Anton in die Hand drückte, öfter einfach mal in den Arm. Mir – inzwischen testosterondurchflutet und mitten in der Pubertät – war das peinlich. Ich kannte so etwas nicht. Aber heute, über fünfzig Jahre später, bin ich ihr noch immer dankbar dafür.

*

Als Michael Nadig sein Plädoyer zugunsten von Lauterbach beendet hatte, stoppte ich das Video. Es stimmte irgendwie alles. Von seinem Alter her, seinem Aussehen war er mit hoher Wahrscheinlichkeit der Sohn von Frau Nadig. Ich gab in meine Suchmaschine „Michael Nadig Stockach" und auch den Namen der Straße ein, an der das Häuschen lag, in dem Frau Nadig damals wohnte. Und ja, er war es. Es stimmte alles. Und mir schlug etwas das Herz. Ich überschlief die Sache einen Tag. Dann setzte ich mich an den Rechner und schrieb folgende E-Mail:

Hallo Herr Nadig,

um mit der Tür ins Haus zu fallen: Sind Sie der Sohn einer ehemaligen Lehrerin an der Stockacher Hauptschule? Nun, wenn ja, dann war Ihre Mutter zwei Mal meine Klassenlehrerin gewesen – zu meiner großen Freude. Wir mochten uns nämlich sehr. Wenn das alles nicht der Fall ist – entschuldigen Sie bitte diese kurze Störung und vergessen Sie bitte die folgende knappe Erläuterung ...

In aller Kürze: Ich bin (nach der Flucht meiner Familie aus Ost-Berlin Anfang der 1960er-Jahre) in Stockach aufgewachsen, ging dort zur Schule, bin dann aber nach dem Abitur (am WG in Überlingen) zum Studium (und anfänglich wegen der Liebe) nach Hamburg, wo ich bis heute lebe. Ich habe aber nach wie vor viele Verbindungen in den Süden, „zum See", zu Geschwistern, Verwandten und Freunden, mit denen ich gemeinsam zur Schule ging

– und ein Mal im Jahr mache ich auch Urlaub am See (oft in Radolfzell).

Nun, einer dieser Freunde hat mich gestern auf eine SWR-Sendung über das Stockacher Narrengericht aufmerksam gemacht, auf dem Sie Herrn Lauterbach zu verteidigen geruhten. Und den Rest können Sie sich dann wohl denken ...

Sie so offen anzusprechen, treibt mich einfach meine maßlose Neugier – meine wohl schlimmste Berufskrankheit.

Schöne Grüße – auch an Ihre Frau Mutter, falls sie, was ich innigst hoffe, noch leben sollte ...

Egbert Scheunemann"

Als ich die E-Mail abgeschickt hatte, ging das Kopfkino los. Wie würde Michael Nadig reagieren? Würde er überhaupt reagieren? Womöglich würde ihn diese E-Mail gar nicht erreichen – E-Mails unbekannter Absender landen nicht selten automatisch im Spam-Ordner.

Aber keine zwanzig Minuten später klingelte mein Telefon. Eine unbekannte Nummer auf dem Display. Ich hob ab. „Guten Tag Herr Scheunemann, hier ist Michael Nadig." Ich stand mit dem Hörer am Fenster. Sonst wäre ich vom Hocker gefallen. Michael Nadig bedankte sich für meine E-Mail. Sie habe ihn sehr gefreut. Und ja, er sei in der Tat der Sohn meiner ehemaligen Klassenlehrerin, Frau Nadig. Meine Grüße könne er bedauerlicherweise nicht mehr übermitteln, seine Mutter sei vor ein paar Jahren leider schon verstorben.

Ich schluckte. Dennoch entspannte sich ein sehr nettes Gespräch zwischen uns. Darüber, wie und warum es mich nach Hamburg verschlagen hatte. Und darüber, wohin er gegangen sei wegen der Liebe und auch des Berufes, ohne seine Wurzeln in Stockach zu verlieren. Er erzählte auch, dass er sich an meinen Namen erinnern konnte – obwohl er, als ich seine Mutter in der zweiten Klasse kennenlernte, noch gar nicht auf der Welt war. Und auch nach seiner Geburt hatten wir aufgrund des damals großen Altersunterschieds nie direkten Kontakt. Aber seine Mutter habe immer wieder von mir erzählt.

Natürlich musste ich ihm auch von meinem letzten, ganz zufälligen Treffen mit seiner Mutter berichten:

Ich war mal wieder, es war Hochsommer, einige Wochen in Stockach, um im kleinen Heizungsbauunternehmen meines Bruders Werner etwas Geld zu verdienen. Fürs Studium. Wenn es irgendwie ging, pilgerte ich zum Bodensee. Natürlich wie früher – trampend. Ich stand am Rand des Städtchens an der B 31 und hielt den Daumen raus. Von Stockach nach Bodman-Ludwigshafen, dem nächsten, direkt am See gelegenen Städtchen, sind es nur etwa vier Kilometer. Recht schnell hielt ein Auto. Ich öffnete die Beifahrertür und wollte fragen, ob – aber ich sagte nichts. Ich sah Frau Nadig am Steuer sitzen. Sie lächelte mich an: „Hallo Egbert, wie geht es Dir?" Völlig verdattert, aber auch hoch erfreut stieg ich ein. Schnell fragte mich Frau Nadig, was ich denn so mache. Sie habe gehört, dass ich in Hamburg studiere. Und bevor ich auf ihre Frage richtig antworten konnte, was ich denn studiere, unterbrach sie mich: „Lass mich raten: Philosophie und noch was …" Volltreffer. Da wir sehr schnell am See waren, konnte man sich nicht sonderlich intensiv austauschen. Und so hielt Frau Nadig an der Stelle, an der ich aussteigen musste, einfach am Straßenrand an – und wir quatschten und quatschten wohl noch eine halbe Stunde über Gott und die Welt. Danach habe ich Frau Nadig nie mehr gesehen.

Michael Nadig hörte sich die kleine Geschichte an. „Na, jetzt schaut sie bestimmt von dort oben auf uns hinunter und freut sich mächtig darüber, dass wir beide uns auf

diese verrückte Weise kennengelernt haben – und gemeinsam an sie dort oben denken."

Wir verabschiedeten uns. Womöglich kreuzten sich auch
unsere Wege mal. Am See. Oder vor Gericht, dachte ich
mir später. Natürlich dem der hochgroblustigen Narren.

Déjà-vu 2.0

Dies ist eine Geschichte, bei der man froh ist, dass man sie nicht alleine erlebt hat und es mindestens einen Zeugen gibt. Déjà-vu-Erlebnisse, ob mit oder ohne Zeugen, kennt wohl jeder Mensch. Mehrfach hat man schon erlebt, was man schon mal erlebt zu haben meint, mehr oder minder identisch. Rein statistisch ist das auch keinerlei Besonderheit. Unser Leben ist in hohem Maße von gewissen Rhythmen, Routinen, Wiederholungen geprägt. Dass man sich jeden Morgen zu ähnlicher Zeit und an oft identischem Ort die Zähne putzt – kein Mensch käme auf die Idee, diese Banalität als Déjà-vu-Erlebnis zu bezeichnen. Oder gar zu empfinden.

Déjà-vu-Erlebnisse betreffen vielmehr Ereignisse, die so komplex sind, dass sie kaum oder ganz und gar nicht – am allerwenigsten identisch – wiederholbar erscheinen. Und wenn sie dann doch geschehen, tritt man gleichsam neben sich, im Geiste, und betrachtet die Sache, während sie passiert, mit Verwunderung, Verblüffung, Erstaunen, man lächelt überrascht, oft auch etwas verlegen, ungläubig, konsterniert.

Also zur Sache: Ich saß vor einigen Jahren in meinem Lesesessel. Diagonal gegenüber, direkt am Fenster, mein Schreibtisch, darauf der Bildschirm meines PCs, daneben eine Steckerleiste mit Kippschalter. Ich hatte den PC auf Stand-by gesetzt. Der Kippschalter leuchtete noch rot, stand noch unter Strom. Denn an der Leiste hing und hängt auch mein WLAN-Router – das WLAN brauche ich auch, wenn ich den PC nicht brauche. Nur über Nacht schalte ich alles komplett aus. Auch die Steckerleiste.

Ich saß da also, als besagter Kippschalter zu flackern begann. Mal mehr, mal weniger, nur kurze Zeit, dann erlosch er final. Weil mir nach einer Sekunde des Nachdenkens schwante, was da gerade vor sich ging, sprang ich zwar noch auf, während der Schalter noch flackerte. Jedoch, wie sich zeigen sollte, zu spät. Ich drückte den Schalter schnell auf „aus" – aber es passierte nichts mehr, als ich ihn kurz darauf wieder anzuschalten versuchte. Der Test an einigen Lichtschaltern in der Wohnung erbrachte das Ergebnis: kompletter Stromausfall. Und zwar in der ganzen Straße, wie sich gleich darauf herausstellen sollte: Meine Nachbarin klopfte an meiner Wohnungstür, sie habe keinen Strom mehr. Ja, ich hätte auch keinen mehr. Also konnten wir nur abwarten, denn Hilfe rufen per Telefon ging auch nicht mehr. Und ein Handy hatte ich damals noch nicht.

Ich ging zum Fenster, um zu gucken, was passieren würde. Ich wusste, dass der Kasten, der ziemlich direkt auf Höhe meines Fensters unten am Gehweg stand, ein Stromverteilerkasten war. Und es dauerte keine Viertelstunde, als ein Kleintransporter der Elektrizitätswerke auftauchte. Der Wagen parkte unweit. Zwei Elektriker stiegen aus, öffneten die Heckklappe, griffen sich je einen Werkzeugkoffer und gingen direkt zum Stromverteilerkasten. Ich sah gespannt zu. Der Kasten war gleich darauf geöffnet. Beide Handwerker bückten sich etwas und guckten. Die Ursache schien schnell klar zu sein. Sie tauschten sich kurz aus. Einer ging wieder zum Transporter und kam mit einer kleinen Schachtel und ein paar anderen Sachen kurz darauf zurück. In einer Hand hielt er eine Sichtschutzmaske, ähnlich wie sie Leute tragen, die etwas schweißen müssen. Unter einem Arm hatte er, wie sich zeigen sollte, einen unförmig großen Handschuh mit langem Schaft geklemmt.

Der Mann legte die Sachen auf den Kasten, packte das Ersatzteil aus der Schachtel, zog sich den großen Schutzhandschuh über die rechte Hand und den gesamten Unterarm, sodass der Schaft des Handschuhs noch leicht über den Ellbogen reichte. Der Mann sprach sich kurz mit seinem Kollegen ab, worauf sich dieser ein paar Meter weit entfernte und sein Gesichtsfeld ganz bewusst, so schien es, vom Geschehen abwandte. Der Mann mit dem Handschuh hielt sich die Schutzmaske vors Gesicht, stellte sich schräg zum Kasten, sodass sein rechter Arm, geschützt durch den großen Handschuh, senkrecht zum Kasten zeigte, die linke Seite des Mannes aber vom Kasten abgewandt war. Der Mann griff in den Kasten und zog etwas mit einem leichten Ruck heraus. Es war ziemlich genauso groß war wie das Ersatzteil. Nur ziemlich schwarz. Der andere Elektriker kam zurück. Beide untersuchten rasch das defekte, wohl durchgebrannte Teil, sprachen sich wieder ab. Und dann passierte das Gleiche wie zuvor, nur diesmal drückte der Mann mit dem Handschuh und der Schutzmaske das Ersatzteil, wiederum mit leichtem Ruck, an den Platz im Stromkasten, der eben freigeworden war. Ein sehr kurzer, aber heftiger greller Lichtblitz leuchtete weißblau auf. Nun wusste ich, warum der Mann den Handschuh und die Schutzmaske trug und der andere sich wiederum einige Meter weit entfernt hatte.

Das Licht in meinem Zimmer war den Bruchteil einer Sekunde nach dem Lichtblitz wieder da. Ich hatte den Lichtschalter extra auf „an" gelassen. Die ganze Straße hatte wieder Strom. Die beiden Elektriker packten ihre Sachen und fuhren davon.

Mit leichtem Herzklopfen schaltete ich meine Steckerleiste wieder an. Der Schalter leuchtete, die Peripheriegeräte, Drucker und externe Festplatte, gaben beim Hochfahren die normalen Geräusche von sich. Nicht aber mein PC. Totalschaden, wie sich herausstellte. Sowohl die CPU als auch das Stromteil waren durchgebrannt. Die Elektrizitätswerke zahlen in solchen Fällen keinen Schadensersatz, das wusste ich. Höhere Gewalt. Würden sie für so etwas zahlen müssen – sie wären schnell pleite. Mist, aber da war nichts zu machen. Noch am selben Tag brachte ich meinen

PC zu meinem PC-Schrauber. Der stellte den Schaden fest
– und ich bestellte mir gleich einen neuen Rechner.

*

Nur zwei Wochen nach diesem ärgerlichen Ereignis kam
mich Freund Paul besuchen. Er ist Physiker und IT-ler.
Wir saßen in der Ecke meines Zimmers, in der auch mein
Lesesessel steht. Darauf, auf meinem Ehrenplatz, saß mein
Freund Paul. Wir erzählten dies und das, nuckelten dabei
freudig an unseren kühlen Bieren. Und ich musste Paul,
dem IT-ler, natürlich brühwarm die Geschichte mit dem
Stromausfall vor zwei Wochen erzählen, inklusive dem fi-
nalen Ende meines alten PCs – der neue Rechner stand
schon unter meiner Schreibtischplatte. Ich erzählte alle
Details, sehr genau. Zwei Elektrikern in einem solchen
speziellen Fall bei der Arbeit zugucken zu können, war ja
auch interessant. So etwas hatte ich noch nie erlebt. Paul
auch nicht. Er hörte also interessiert zu.

Ich war kaum fertig mit meiner Geschichte, als Paul
plötzlich sehr ernsten Blickes in Richtung meines Schreib-
tisches sah: „Der Schalter Deiner Steckerleiste flackert!"
Ich drehte mich schnell in Richtung meines Arbeitsplatzes,
sah das Flackern, sprang panisch auf, hechtete zur Steckerleiste und schaltete sie aus. Paul und ich sahen uns mit großen Augen an, wie ich sie bei ihm und er bei mir noch nicht
gesehen hatte. Ich eilte zum Lichtschalter. Nichts. Totaler
Stromausfall. Wieder die ganze Straße. Nur meine Nachbarin klopfte diesmal nicht an der Wohnungstür. Vielleicht
war sie einkaufen – oder so langsam im Training.

Das kann doch alles nicht sein, dachten wir uns. Aber es
war so. Kaum hatte ich Paul die Geschichte erzählt, begann sie von Neuem. Paul und ich gingen zum Fenster,
machten es auf, lehnten uns auf die Fensterbank. Bald darauf hielt ein Kleintransporter von den Elektrizitätswer-
ken. Zwei Elektriker stiegen aus, griffen ihr Werkzeug,

kamen zum Elektrokasten – und alles passierte eins zu eins genau so wie vor zwei Wochen. Der Handschuh. Die Schutzmaske. Das Beiseitetreten des Kollegen. Der Lichtblitz. Alles, alles. Paul und ich konnten es nicht fassen. Wir schüttelten die Köpfe. Und sagten abwechselnd voraus, was jetzt gleich passieren würde. Und es passierte. Wie vorhergesagt. Wie auf Befehl.

Das Licht ging wieder an. Ich wandte mich zu Paul: „Was bin ich froh, dass Du das miterlebst hast – das würde mir doch kein Schwein glauben!"

Diesmal blieb mein PC übrigens heile. Ich war wohl schnell genug zur Steckerleiste gehechtet, um sie auszuschalten. Man ist ja so langsam im Training.

Der Rollerfahrer

Mit großer Vorfreude auf mein Feierabendbier ging ich Richtung Schanzenviertel. Im Umkreis um die Sternbrücke, die in einer großen bau- und ingenieurtechnischen Anstrengung komplett ausgetauscht werden soll, waren überall die Auswirkungen dieses Großprojektes zu sehen und hier und da zu umgehen – eine ehemalige Brache, auf der das geplante neue Brückenmonstrum am Stück zusammengebaut werden soll, ganz oder teilweise gesperrte, zur Bahnstrecke parallele Nebenstraßen, auf denen mächtige Hochstelzen für Kabel- und Leitungsschächte gebaut wurden.

So auch auf der Lippmannstraße, über die eine kleinere Brücke führt, die der Sternbrücke Richtung Innenstadt direkt folgt. Unter dieser Brücke musste ich durch. Normalerweise gibt es links und rechts dieser kleinen Nebenstraße Fußwege. Auch im Bereich unter der Brücke. Radfahrer fahren gewöhnlich auf der wenig befahrenen Straße. Durch die Absperrungen und Bauarbeiten stand für einige Zeit jedoch nur noch ein Durchgang von etwa zwei Metern Breite zur Verfügung. Da mussten alle durch. Fußgänger wie Radfahrer. Für Autos war die Straße komplett gesperrt.

Es war ein schöner warmer Sommerabend, als ich die Brücke unterquerte. Die Dämmerung war schon weit vorangeschritten. Ich lief den schmalen Durchgang unter der Brücke entlang und bemerkte einen Lichtstrahl hinter mir, der vor mir immer länger wurde. Wahrscheinlich ein Radfahrer, der vorbei wollte. Ich ging etwas weiter rechts, hielt kurz an, wendete mich um knappe neunzig Grad in Richtung der Quelle des Lichtstrahls, ohne sie noch ganz zu sehen, und machte, mich theatralisch beugend – ich war wohl etwas neckisch drauf –, eine ausholende Bewegung mit meinem rechten Arm, die bedeuten sollte, der VIP, der Very Important Person, die an mir vorbei wollte, wohlwollend den Weg freizugeben. Erst im Vorbeifahren derselben sah ich, dass es kein Fahrrad war, sondern ein E-Roller, auf dem sie fuhr. Auf dem Vehikel stand ein großer Mann, ein sehr großer Mann. Knappe zwei Meter hoch, schätze ich mal. Gut gebaut. Muskulös. Durchtrainiert. Also doch etwas anders ins Leben gebaut als, was Größte und Muskulatur betrifft, meine eher zurückhaltend gestaltete Wenigkeit. Und, so sagt man heutzutage, mit schwarzafrikanischem Migrationshintergrund. Im Vorbeifahren sagte der Mann „Danke!". Ich sagte, glaube ich, nichts und ging einfach langsam weiter. Der Mann hielt kurz an, keine fünf Meter entfernt. Er drehte sich, mit einem Bein noch immer auf dem Roller, zu mir um und meinte in astreinem Hochdeutsch: „Wärst Du auch so freundlich zu mir gewesen, wenn Du gewusst hättest, dass ich ein Schwarzer bin?" Er guckte skeptisch, aber durchaus freundlich, ja sogar etwas neckisch – wohl meine Neckerei als Spielball aufnehmend.

Ich guckte wohl nicht so freundlich. Ich blieb stehen und überlegte kurz. „Eigentlich ist diese Frage schon eine Beleidigung, weil sie impliziert, dass ich sie auch mit ‚nein' hätte beantworten können."

Der Blick des Mannes wechselte von erschrocken über konsterniert bis nachdenklich – und schließlich wieder zu freundlich. „Du bist ein guter Mann", sagte er und fuhr weiter.

Der Mann am Bahnhof, der Schaffner und die Pauken

Winfried stand an einem lausekalten Februarmorgen zitternd auf dem Bahnsteig, durchnässt vom Dauerregen, der eisig aus einer dunklen, brodelnden Wolkendecke fiel, vom stürmischen Wind gnadenlos bis in seinen Unterstand gepeitscht, als in der Ferne schemenhaft ein Zug aus dem dichten Nebel auftauchte und sich langsam, sehr langsam in Richtung des schummrig im Morgengrauen liegenden Bahnhofs bewegte: gleichsam die Erlösung, die Erfüllung aller Hoffnungen, die Niederkunft des Herrn auf Erden. Aber dann kam die Durchsage: „Achtung, Zugdurchfahrt!" Es war wieder nicht der Ersatzzug, der eigentlich angekündigt war, schon vor einer knappen Stunde.

Winfried stand seit Längerem allein auf dem Bahndamm. Alle anderen potenziellen Fahrgäste hatten sich in die Unterführungen verkrochen oder waren ins Bahnhofgebäude geflüchtet vor den heftigen Böen, die den Regen immer wieder fast horizontal auch unter die Schutzdächer pressten.

Was sollte er nur tun? Er durfte seinen Vorstellungstermin im Orchester der fernen Metropole auf keinen Fall verpassen. Sonst wäre alles verloren. Auch seine verschleppte Grippe plagte ihn. Er fühlte sich elend. Leicht schwindelig. Unsicher auf den Beinen. Düstere Gedanken, die ihn in seinem fortgeschrittenen Alter so und so immer öfter quälten, kamen in ihm auf. Er hatte Angst vor einem erneuten Depressionsschub. Wie dem in der letzten Woche. Und in so vielen Wochen davor.

Aber er wehrte sich. Den Plan, sich vor den nächsten Zug zu werfen, gab er schnell wieder auf. Wahrscheinlich hatte auch der Verspätung oder würde wieder komplett ausfallen. Winfried verzog sein Gesicht zu einem spöttischen, hämischen Grinsen. Würde er springen, läge er mangels Zug hilflos auf den Bahngleisen, durchtränkt vom bitterkalten Regen, er würde elendiglich an Unterkühlung sterben. Diesen Gefallen wollte er der Deutschen Bahn auf keinen Fall tun. Er würde in keiner Statistik der direkt oder indirekt durch die Deutsche Bahn ums Leben gekommenen Menschen auftauchen. Sondern in der gemeiner Grippeopfer. Und wer sollte dann seine Fahrgastrechte in Anspruch nehmen? In den Genuss seines Guthabenkontos bei der Bahn kommen, auf dem sich schon eine erkleckliche Summe angesammelt hatte? Nein, niemals!

Ihm wurde schummrig. Etwas Merkwürdiges geschah. Als ob ihn etwas ergreifen würde. Winfried wusste sich nicht mehr zu helfen. Er fiel auf die Knie, weinte bitterlich und fing an zu beten – als plötzlich von rechts eine Draisine mit zunächst hoher, sehr hoher Geschwindigkeit heranbrauste, dann aber schroff und mit ohrenbetäubendem Quietschen abbremste und direkt vor Winfried zu stehen kam.

Auf der Draisine stand ein merkwürdig, ja wundersam aussehender Mann. Er trug, samt Schirmmütze, die Uniform eines Schaffners – jedoch, wie Winfried sie nur aus alten Filmen kannte. Sehr formell, gepflegt, schick und steif, eigentlich eine Paradeuniform. Dunkelblau, die Nähte und Stoffränder mit goldschimmernden Borten abgesetzt. Der gutmütig dreinschauende Schaffner trug zudem eine dicke Hornbrille. Früher nannte man das Modell Kassenbrille. Unter seiner Nase prangte ein bauschiger Oberlippenbart, zu den Seiten hin leicht gezwirbelt.

Der Schaffner stellte sich vor: „Guten Tag, mein Name ist Gottfried Wolkenblitz. Ich habe den Auftrag, sie schnellstmöglich nach Lichterstadt zur Philharmonie zu fahren, damit sie ja nicht Ihr Vorspielen verpassen. Die

Stelle des Chefpaukers, ist sie erst mal vergeben, wird so schnell nicht wieder frei."

Winfried fühlte sich wie vom Pferd getreten und vom Schlag getroffen. Benommen. Taumelnd. Aber plötzlich auch versonnen. Und gleich darauf sollte er lächeln wie ein buddhistischer Mönch. Was geschah hier? Ihm schien, dass seine eben noch feuchten Kleidungsstücke getrocknet seien und ihn angenehm wärmten. Es hatte aufgehört zu regnen, der Himmel klarte auf, die Sonne kam zu Vorschein. Alles unwirklich schnell.

„Ja, so kommen Sie doch!" Der Schaffner streckte Winfried seine linke Hand entgegen, um ihm auf die Draisine zu helfen. Winfried ließ alles mit sich geschehen, folgte gehorsam.

„Etwas Frühsport gefällig? Wenn Sie mithebeln, sind wir noch schneller!" Wolkenblitz lachte kurz frohgemut auf. Winfried ließ auch das mit sich geschehen. Und es machte ihm schnell große Freude. Er hätte nie gedacht, dass eine Draisine so schnell fahren kann. Winfried glaubte bald, noch nie so schnell gefahren zu sein, mit keinem Zug. Die Landschaft flitzte nur so vorbei. Und wie in einer Zeitreise erwachte die Vegetation. Die Bäume trieben aus. Die Böschungen links und rechts erblühten. Die Luft wurde wärmer und wärmer. Wolkenblitz schrie vor Freude ein kräftiges „Jippieeee!" ins Firmament. Winfried konnte nicht anders, als es ihm gleichzutun. Es war der helle Wahnsinn.

*

„Warum schreien Sie denn so?" Es war nicht die Stimme von Wolkenblitz, die Winfried unverhofft hörte. Etwas rüttelte ihn. Etwas Mächtiges. Womöglich jenes Wesen, das Wolkenblitz beauftragt hatte. Oder war es ein Erdbeben? Hatten sie einen Unfall? Im Rausch der Geschwindigkeit die Kontrolle über die Draisine verloren? Alles um ihn herum verschwamm, wackelte, zitterte, stolperte, stürzte, fiel krachend zusammen – begleitet von lauten, mächtigen Paukenschlägen, infernalischen Trommelwirbeln.

Winfried riss die Augen auf. Ein freundlicher Schaffner, der plötzlich einen Dreitagebart trug, schüttelte sanft, streichelte fast seine Schulter, lächelte ihn an und sagte: „Tut mir leid, dass ich sie wecke, aber wollten Sie in Offenburg nicht umsteigen?"

———————————

Die Spur

Sie war von der besonders schleimigen Sorte, eine feuchte Kriecherin. Heimlich, still und leise wandte, bog sie sich in mein Leben, die Schlüpfrige. schlierig, anzüglich, klebrig, ihre heimtückische Annäherung nicht zu hören, kaum zu sehen, dunkelbraun in halbdunkler Nacht, in Slow Motion, so langsam, dass ihr Robben, ihr Winden, ihr Schlängeln kaum wahrzunehmen war. Bis sie mich erreichte, bestieg, an mir arglistig hochkroch, mich in Beschlag nahm als blinder Passagier, als Symbiont, als Schmarotzer, Parasit, Mitesser, als verborgene Ratte auf dem Schiff, im Güterwaggon, dem Lastenesel, der ich für sie nur war und der ihr Siebenmeilenstiefel verlieh. Jeder meiner Schritte war für sie eine halbe Tagesreise. Über Hindernisse hinweg, die für sie unüberwindlich waren.

Aber ich blieb, ohne es zunächst zu wissen, hart und warf sie hinfort, aufrecht gehend, erhobenen Hauptes, ich stieß sie gleichsam von meiner Bettkante, dieses nackte Grauen, glitschig, glibberig, aalglatt, eine stieläugige Wegelagerin, eine glupschige Kreatur vom Straßenstrich, aufgesammelt wider Willen. Mein Tänzeln die Treppe hoch war letztlich zu viel für sie. Ihr Schleim war nicht klebrig genug, meiner forcierten Beinarbeit, meinem Joggen, die Freitreppe hinauf, zu widerstehen. Sie stürzte von mir in die Tiefe, ins Dunkel der Nacht. Hinab auf steinerne Stufen, den Tritten der mir Nachfolgenden hilflos, gnadenlos ausgeliefert.

*

Ihre Schleimspur führte das gesamte rechte hintere Hosenbein hoch bis zur Gesäßtasche und von der, in schlängelnden Linien, bis zur Gesäßtasche links. Dort brach die Spur ab. Dort muss ich sie, ohne es zu wissen und zu merken, abgeworfen haben. Ich schüttelte mich, als ich die Spur auf meiner Hose sah – und warf das Teil direkt in die Waschmaschine, um es erst mal separat zu waschen. Danach gleich noch mal mit anderer Wäsche. Die Verursacherin der Spur muss an mir hochgekrochen sein, als ich in meinem Straßencafé um die Ecke zum Feierabendbier saß.

Die Nacktschneckenplage im diesjährigen Sommer – nach langer, langer Regenzeit fast über das gesamte Frühjahr hinweg – war seit längerer Zeit immer wieder Thema in den Medien. Ich nahm es nur am Rande zur Kenntnis. Plötzlich aber fast hautnah. Zum Glück nur fast.

———————————

Neulich beim Altern – neue Folge

Der Zug kam pünktlich an in Radolfzell. Nein, dies wird keine Märchenerzählung. Es war wirklich so. In Hamburg mit nur zehnminütiger Verspätung losgefahren – wobei man sich, da es nicht selten vorkommt, immer wieder fragt, wie das sein kann, wenn der Zug in Hamburg startet, dort also erst bereitgestellt wird –, hatte er diesen Rückstand in Offenburg wieder herausgefahren. Wunderbar, denn dort musste ich vom ICE auf den Regionalexpress Richtung Konstanz umsteigen, mit Radolfzell als vorletzter Station. Auch der kam pünktlich an und fuhr auf die geplante Minute genau los.

Gegen fünf Uhr nachmittags stieg ich in Radolfzell aus. Der Bahnhof dort liegt direkt am Bodensee, nur ein schmaler Weg und ein Streifen Wiese trennen ihn vom Ufer. Ich hatte noch alle Zeit der Welt, um mein vorbestelltes Fahrrad beim Verleiher abzuholen, also setzte ich mich ein Weilchen auf die Wiese und genoss die Sonne und den See.

Der Ablauf war ansonsten jedes Jahr derselbe: Ich ging vom Bahnhof direkt zum Fahrradverleiher, also nicht zunächst zu meiner Ferienwohnung, denn die liegt ein Stück weiter entfernt, etwas mehr als einen Kilometer, auch direkt am See. Vom Fahrradverleiher konnte ich dann mit dem Fahrrad zu meinem Domizil fahren, den zurückhaltend großen Trolley, mit Spanngummis gesichert, auf dem Gepäckträger und den Rucksack da, wo er hingehört.

Das große Ladengeschäft des Fahrradverleihers liegt am anderen Ende der Altstadt, die direkt beim Bahnhof beginnt, nur ein paar Hundert Meter entfernt. Also mit Trolley und kleinem Rucksack zu Fuß kein Problem, zumal der

Weg durch schöne kleine Gassen führt, vorbei am Radolfzeller Münster samt großem Marktplatz.

Man muss wissen, dass besagter Fahrradverleiher fast ein kleiner Konzern ist mit mehreren Dependenzen rund um den Bodensee. Der ist im Sommer nämlich ein Hotspot für Fahrradurlauber. Die Umrundung des Sees ist sehr beliebt. Ich habe irgendwo mal gelesen, dass etwa 800.000 Radler den Bodensee jedes Jahr umrunden – damit soll dieser Radweg, insgesamt etwa 260 Kilometer lang, der meistbefahrene weltweit sein. In der Hochsaison gibt es über Rundfunk sogar Verkehrsdurchsagen – falls es irgendwo zu Staus kommt. Auf dem Radweg. Wohlgemerkt.

Weil die heutige Jugend, hätte ich fast gesagt, nicht immer für Radstrecken von 260 Kilometern Länge zu haben ist, sieht man auf den Satteln der Leihräder vor allem Menschen mittleren Alters und auch viele ältere Semester. Und deswegen in jüngster Zeit wohl neunzig Prozent auf E-Bikes, die ich seit ihrem Aufkommen naserümpfend Fake-Bikes tituliere – alter passionierter Radfahrer, Jahrgang 1958, der ich bin. Ich fahre Rad, seitdem ich denken kann. Und fahren kann. Ohne umzukippen. Also seit über sechzig Jahren.

Wenn man also mitten in der Hochsaison und auch noch gegen 17 Uhr, also zur Rushhour, zu besagtem Fahrradverleiher geht, muss man sich auf etwas Wartezeit gefasst machen. In der Regel zumindest. Viele holen ihr Fahrrad am späten Nachmittag ab, um damit am nächsten Morgen die Tour um den See oder zu anderen Zielen zu starten.

Heute war alles völlig anders. Ich kam in den Laden und vor dessen Tresen stand – niemand. Ich stellte mein Gepäck ab, sah mich kurz um. Und eher noch unbewusst nahm ich wahr, dass dort fast nur E-Bikes standen, wenn nicht ausschließlich. Ich ging zum Tresen, grüßte den Mann mittleren Alters dahinter und zeigte meinen Aus-

weis vor – darum wurde schon in der Bestätigung der Bu-
chung per E-Mail gebeten. Der Mann lächelte mich breit
an und sprach in noch breiterem Alemannisch: „Grüß
Gott!" Ich war wieder in Süddeutschland. Mit der Betonung auf Land.

Ja, meinte ich, ich hätte ein Fahrrad vorbestellt, man
habe mir vor geraumer Zeit eine E-Mail zur Bestätigung
zugeschickt. „Kein Problem!", meinte der nette Mann in
sehr gemächlichem Ton. Er nahm meinen Ausweis, guckte
auf seinen Bildschirm. Scrollte mit der Maus. Und er
guckte wieder. Und noch mal. Klickte herum. Las etwas.
Dann etwas anderes. Klickte wieder. Er fand wohl nichts.
Suchte weiter. Langsam tauchten Sorgenfalten auf seiner
Stirn auf. Womöglich auch auf meiner.

Ja, meinte ich noch mal, ich könne ihm die Bestätigungs-
E-Mail auch raussuchen und zeigen.

„Das verstehe ich nicht", meinte der Mann schließlich
mehr zu sich selbst als zu mir. Ich wurde etwas unruhig.

Dann endlich die Erlösung: „Ach, Sie haben ja ein ganz
normales Fahrrad gebucht!"

Ja, meinte ich, klar, wieso denn nicht. Ob sie denn auch
unnormale im Programm hätten?

Der Mann lächelte erleichtert. „Nein, nein, Entschuldigung, ich dachte nur …" Er schmunzelte verlegen. „Ich
dachte nur, also, weil Sie halt, wenn ich das so sagen darf,
doch schon etwas älter sind, dass Sie eher ein E-Bike vorbestellt …" Er kratzte sich am Kopf. „Das machen eigentlich alle – inzwischen …"

Ich rümpfte gespielt die Nase und verzog konsterniert
das Gesicht. Ob ich denn wirklich schon so scheiße aus-
sehe, fragte ich dann doch lieber nicht. Ein bedeutungsvol-
les „So, so!" entfuhr mir dann aber doch.

Nun, das war nur der erste Teil der Geschichte. Das Ver-
leihgespräch war noch nicht zu Ende. Denn ich hatte zum
ersten Mal meine Gästekarte in digitaler Form dabei. Auf

meinem Smartphone. Die Jahre davor gab es die immer nur in ausgedruckter Form – sie lag auf dem Schreibtisch der Ferienwohnung abholbereit. Wenn ich, wie immer, zunächst mein Fahrrad abholte, hatte ich diese Gästekarte also noch nicht. Ich konnte also auch beim Ausleihen des Fahrrads noch keine vorzeigen. Dann hätte ich nämlich einen kleinen Preisnachlass bekommen. Aber wegen dieses kleinen Preisvorteils zunächst samt Gepäck zur Ferienwohnung zu latschen, das Gepäck abzustellen, die Gästekarte rauszuholen und dann wieder zurück zu latschen zum Fahrradverleih – das war mir die Sache dann doch nicht wert.

Dieses Jahr konnte ich aber ganz stolz erstmals meine digitale Gästekarte vorzeigen, die ich einen Tag vor meiner Abreise schon auf mein Handy geladen hatte. Ich streckte dem netten Mann, der sich wieder etwas gefangen hatte, das Display meines Smartphones entgegen und meinte, dass ich irgendwo gelesen hätte, dass man mit dieser Gästekarte auch einen kleinen Preisnachlass bekäme beim Fahrradverleih.

Der Mann guckte kurz auf das Display – und war gleich wieder etwas verlegen. „Ja", meinte er, „das stimmt schon. Aber das gilt leider nicht für Kurgäste." Er sah mich betrübt an.

Da war sie also, die zweite Altersdiskriminierung in nur fünf Minuten. Erst wurde mir unterstellt, ich könne nicht mehr richtig Fahrrad fahren, sondern nur noch mit einem E-Bike. Und gleich darauf wurde ich bezichtigt, ich sähe dringend kurbedürftig aus.

Ich versuchte es wieder nonverbal, rümpfte diesmal aber nicht nur die Nase, sondern, um mit Heinz Erhardt zu sprechen, runzelte die Zähne und fletschte die Stirn.

Der Mann hinterm Tresen schien fast etwas verängstigt. „Ja, sind sie denn gar kein Kurgast?"

Nein, meinte ich deutlich, ich sei ein ganz normaler Tourist, der jeden Tag mindestens drei Mal in den See springt, um je eine halbe Stunde zu schwimmen, der Fahrrad nur mit angezogener Vorderradbremse fährt, um den Trainingseffekt zu erhöhen, und der abends im einarmigen Reißen in der Halbliterklasse einsame Weltspitze sei, vor allem in Südbaden.

Der arme Mann hinterm Tresen schien sich seiner zwei Fehltritte bewusst zu werden und entschuldigte sich erneut. Ich erteilte ihm per Schmunzeln und Augenzwinkern Absolution, bekam meinen Preisnachlass, schwang mein Gepäck und gleich darauf mich selbst auf das Rad und radelte Richtung Ferienwohnung. Wegen des Gepäcks jedoch ohne angezogene Vorderradbremse.

Der neue Auftrag

Die Sache ist etwas vertrackt. Romane, also Märchen für Erwachsene, werden heutzutage oft nach dem Rezept einer, könnte man sagen, bewussten Vertrackung und Verflechtung verschiedener sequenziell oder parallel, diachronisch oder synchronisch erzählter Geschichten geschrieben. Peu à peu kommt es zu Überlappungen der narrativen Fragmente, Protagonisten der einen Geschichte, die zunächst mit der folgenden Geschichte nichts zu tun zu haben scheinen, tauchen plötzlich auch in der zweiten Teilerzählung auf. Handlungsstränge kreuzen sich unverhofft. Anfänglich scheinbar bedeutungslose Details rücken in neuem Licht, aus anderer Perspektive plötzlich in den Fokus.

Kann man so machen. Kann man aber auch lassen, vor allem, wenn man sich – ob als Leser oder Schreiber – an den Ergebnissen dieses Schreibens nach Rezept etwas überfressen hat. Nicht lassen sollte man es, wenn die zeitliche und logische Abfolge der Einzelgeschichten sich genau so in der Wirklichkeit abgespielt hat – und man nur nacherzählt, was das Rezept Namens Realität einem vorgeschrieben, in die Tastatur zu tippen befohlen hat. Wenn also der faktische Weltenlauf der Koch war.

Verfremdet habe ich in den folgenden Geschichten, die eigentlich nur eine ist, allein die Namen der Protagonistinnen und Protagonisten. In Zeiten von Pig Brother, der heutzutage Google, Instagram, X oder Facebook heißt, ist Daten- und Personenschutz leider oft wichtiger geworden als Authentizität. Aber was sind schon Namenszettel mit der Aufschrift „Orkan" – gegen einen Orkan?

*

Winni H. und Bonny P. arbeiteten schon seit langen Jahren zusammen – ohne sich je gesehen zu haben. Er in einer Abteilung der Sozialbehörde, sie in einer anderen, räumlich getrennt, auf verschiedene Stadtteile verteilt. Man musste gelegentlich kommunizieren, denn es gab ab und zu Überschneidungen der jeweils zu bearbeitenden Fälle, mal fielen sie mehr in den Aufgabenbereich von Bonny P., mal mehr in den von Winni H. – da musste man sich absprechen. Aber man tat es allein per Telefon oder E-Mail. Nie von Angesicht zu Angesicht.

Das ging so viele Jahre. Bis sich Winni H. und Bonny P. dann doch leibhaftig kennenlernen sollten. Und zwar dreitausend Kilometer von ihren Arbeitsstellen entfernt, an der Südküste Kretas, in einem kleinen Dorf, einer kleinen Pension. Sie waren beinahe Zimmernachbarn. Die ersten Tage nahm man sich fast nur optisch wahr. Grüßte sich höflich. Aber das wars dann auch.

Aus irgendeinem, wahrscheinlich nichtigen Grund kam irgendwann doch mal ein Gespräch zustande. Man lernte sich kennen: Ach, Du bist auch aus Hamburg? Was? Du arbeitest auch in der Sozialbehörde? Ach nee, dann kennst Du ja vielleicht den … Und ob ich den kenne, das bin ich! Wie bitte? Dann rate mal, wer ich bin! So ungefähr ist das abgelaufen.

*

Lustige Geschichte, dachte ich mir, als Winni sie mir erzählt hatte. Bonny P. sei übrigens, sagte er mir, eine sehr patente Frau, im nächsten Jahr würde ich sie womöglich auch kennenlernen. Also auf Kreta, nicht in Hamburg. Denn sie habe schon drei Zimmer in der Pension gebucht, weil sie mit Freundinnen käme. Da wolle man sich halt möglichst nahe beieinander einquartieren. Und es gäbe, meinte Winni, eine Woche Überschneidungszeit – wir, Winni und ich, hatten nämlich auch schon zwei Zimmer gebucht für den Zeitraum Ende September, Anfang Oktober.

*

Und so lernte ich im nächsten Jahr Bonny P. und ihre Freundinnen Ilke S. und Biggi B. kennen. Am Anfang eher zurückhaltend. Denn die Mädels, die Freundinnen, blieben eher für sich, waren wohl froh, endlich zwei Wochen am Stück nur für sich zu haben, sich so intensiv erleben und austauschen zu können, wie das sonst kaum möglich war – in Hamburg lebte man separat in verschiedenen Stadtteilen, war auf Verabredungen angewiesen, zu denen auch nicht immer alle kommen konnten.

Und auch wir Jungs blieben aus ähnlichen Gründen anfänglich eher unter uns. Bei Winni und mir kam hinzu, dass wir schon seit Jahrzehnten im Dörfchen an der Südküste Kretas, in dem unsere Pension lag, Urlaub machten und dort viele, viele Menschen kannten, Einheimische wie auch immer wieder auftauchende Touristen – und vor lauter Treffen und Verabredungen aufpassen mussten, nicht in Urlaubsstress zu geraten. Also gemach, gemach, was neue Urlaubsbekanntschaften betrifft, war unsere Devise.

Der Vorteil in unserer gemeinsamen kleinen Pension war aber, dass man, wenn man doch mal Lust hatte auf neue Bekanntschaften, die vielen kleinen zeitlichen Zwischenräume im üblichen Tagestrott und den Umstand, dass man sich oft zufällig über den Weg lief, nutzen konnte, um sich kennenzulernen. Vor allem in der großen Gemeinschaftsküche gab es viele Gelegenheiten zur Kontaktaufnahme: Moin moin, gut geschlafen? Einen schönen Abend gehabt? Wie war das Essen in der neuen Taverne? Kann ich das restliche heiße Wasser aus dem Wasserkocher haben? Was, Du bist hier schon seit dreißig Jahren? Ach nee, dann fliegen wir ja im gleichen Flieger zurück!

So ungefähr läuft das dort. Und so sollte ich auch Biggi B. kennenlernen.

*

Wie es konkret losging, habe ich vergessen. Auf jeden Fall
saßen Biggi B. und ich irgendwann auf einem kleinen
Mäuerchen vor der Gemeinschaftsküche und schlürften
unseren Kaffee. Und dann passierte etwas schier Unglaub-
liches – denn es stellte sich heraus, dass Biggi B. und ich
lange Jahre im gleichen mittelständischen Verlag gearbei-
tet hatten, ohne voneinander zu wissen. Ja, wir waren sogar gemeinsam auf einem Betriebsausflug, ohne uns bewusst wahrzunehmen oder gar kennenzulernen. Und zwar
in New York. Auf einem Betriebsausflug in New York?
Ja, auf einem Betriebsausflug in New York. Es gibt einhundertsechzig Zeugen. So viele waren nämlich dabei
beim Betriebsausflug nach New York – zu viele, als dass
man sich an alle hätte erinnern oder sie gar kennenlernen
können.

Biggi B. und mir war also geschehen, was schon analog
ihrer Freundin Bonny P. und meinem Freund Winni H. geschehen war – und die beiden waren nicht wenig amüsiert,
als sie das von Biggi B. und mir erfuhren. Bevor ich diese
Geschichte vertrackter und verschlungener Lebensläufe
weitererzähle, bin ich aber noch eine Erklärung schuldig –
in Sachen Betriebsausflug nach New York.

*

Es war 1988, als ich in dem kleinen Verlag, der damals
noch Kino-Verlag hieß, als Teilzeitler zu arbeiten begann.
Mein nicht verlängerbares Dissertationsstipendium neigte
sich dem Ende zu, ich war mit meiner Doktorarbeit aber
noch nicht fertig. Mit großem Glück fand ich im Kino-
Verlag, der sehr erfolgreich die Filmzeitschrift *Cinema*
herausbrachte, eine Stelle, die mir wie auf den Leib ge-
schnitten war: zwanzig Stunden die Woche, die ich aber
abarbeiten konnte, wann immer ich wollte und konnte. Ich
legte die zwanzig Stunden auf Montag und Dienstag,

klotzte an diesen beiden Tagen komplett rein, machte nach Feierabend auf den Heimwegen noch die Einkäufe für die ganze Woche und abends zu Hause die anstehenden Hausarbeiten, sodass es auch für die nächsten fünf Tage reichte. Montag und Dienstag waren für mich das Reich der Notwendigkeit – danach, von Mittwoch bis Sonntag, genoss ich das Reich der Freiheit. Tagsüber für meine Wissenschaften, abends für meine Musik. Traumjob. Könnte man sagen. Nein: Muss ich sagen.

Im Verlag, der damals, als ich eingestellt wurde, insgesamt kaum vierzig Mitarbeitende zählte, war ich zuständig für das Filmarchiv, und zwar für alles Organisatorische. Dort arbeiteten schon vier Leute, darunter auch Hans-Werner Asmus, der Archivleiter. Er war das größte Filmwissen-Genie, das ich jemals kennenlernen sollte – und nicht nur ich, alle, die ihn kannten, äußerten sich analog. Zehn Mal nacheinander war Hans-Werner Champion im TV-Quiz „Kennen Sie Kino?" – bis nur seinetwegen die Regeln geändert wurden. Helmut Lange, der Quizmaster, war gut befreundet mit Dirk Manthey, dem Macher des Kino-Verlages. Und der wollte ein Filmarchiv aufbauen. Und als Leiter natürlich den allerbesten – und es gab keinen besseren als Hans-Werner Asmus. Das wandelnde Film-Archiv und -Lexikon.

Hans-Werner, ich saß ihm lange Jahre direkt gegenüber, bekam zigfach Anrufe am Tag. Irgendein Redakteur wollte wissen, wer in dem B-Movie von Regisseur XY aus dem Jahr 1958 an der Kamera stand, er könne das nicht recherchieren – das Internet, wie wir es heute kennen, gab es damals noch nicht. Aber es gab Hans-Werner Asmus, und aus dessen Mund schoss wie aus einer Pistole der Name des Kameramanns. Unglaublich. Immer wieder. Bei jedem Anruf analog. Zehnmal am Tag und mehr.

Nun, das Genie Hans-Werner hatte ein kleines Manko – er war im Organisatorischen ein Chaot vor dem Herrn. Als ich von Dirk Mantheys Sekretärin das erste Mal ins Archiv geleitet wurde, stellte sie mir zunächst Hans-Werner vor – sie versuchte es zumindest. Wir fanden ihn schließlich hinter Bergen von Kartons, Filmmaterial, Pressemappen, Filmbüchern und sonstigem Krimskrams in einem der sieben Räume des Archivs, damals noch in der Milchstraße in Pöseldorf, dem damaligen Schnöseldorf mitten in Hamburg, gleich an der Alster, dem See im Herzen der Hansestadt. Von der offenen Tür aus – sie war völlig verstellt und in ihrer Position unverrückbar – konnte man Hans-Werner nicht sehen. Erst nach Zuruf und seinem Gruß zurück war er akustisch zu orten in dem Wirrwarr, das ihn umgab.

Und das gesamte Archiv sah so aus. In den Fluren und in den Schluchten zwischen den Bisley-Schränken, in denen die Mappen mit den Filmmaterialien – Pressehefte, Dias und Zeitungsausschnitte mit Filmrezensionen – hingen, musste man oft über Kartons steigen, Papierberge, Bücherstapel, irgendwelches Material, was auch immer.

Nun, Hans-Werner war sehr schnell sehr froh, mich zu haben. Denn man sagt mir ein gewisses Organisationstalent nach und auch nicht wenig Tatkraft. Durchaus zu Recht – Stichworte Reinklotzen und effiziente Reduktion des Reiches der Notwendigkeit auf das geringstmögliche Maß. Sie wissen schon. Wir ergänzten uns also perfekt. Ich hatte keine Ahnung von Film, er hatte keine Ahnung von Organisation. Ein Dreamteam also. Das konnte nur gut gehen.

Die Schaffung eines professionellen Filmarchivs war dabei nur eine der vielen neuen Ideen von Dirk Manthey. Aus seinem Kopf sprudelte zu jener Zeit eine neue Produktidee nach der anderen – und alle durch die Reihe sollten Erfolg haben. Großen Erfolg. In kürzester Zeit. Zunächst schlug *TV Spielfilm* ein wie eine Bombe – die erste zweiwöchentlich erscheinende, in hohem Maße filmorientierte TV-Programmzeitschrift. Von der ersten Auflage mussten nach wenigen Verkaufstagen Hunderttausende Exemplare nachgedruckt werden. Nach wenigen Wochen war die Millionengrenze erreicht – worauf Dirk Manthey den gesamten Verlag, damals schon auf über hundert Mitarbeitende angewachsen, zu einem Betriebsausflug als Tagesausflug einlud. Nach Venedig. Als kleines Dankeschön. Morgens um sechs, nach einem Champagner-Empfang ab fünf, startete der eigens gecharterte Flieger, kurz vor Mitternacht landete er wieder in Hamburg. Nach Sightseeing und Schnitzeljagd in Venedig wurde dortselbst zum Dinner geladen. In einer eigens angemieteten alten weißen Villa. Auf einer eigens angemieteten kleinen Insel in der Lagune. Nur für uns. Ein Streichtrio empfing uns. Gekleidet in barocken Kostümen. Bedienung von allen Seiten. Leckeres Essen. Ich flirtete mit der schönsten Frau des Archivs, wenn nicht des Verlags. Und sie mit mir. Alles kaum zu glauben. Aber so war das. Ich kann mich nur wiederholen: Es gibt über hundert Zeugen. Also in Sachen Venedig. Nicht unbedingt in Sachen Flirt.

Und dann kam ein Erfolg nach dem anderen: die Zeitschriften *Fit for Fun*, *Max*, *Amica* oder *Tomorrow*, um nur einige zu nennen. Und bald riss die Auflage von *TV Spielfilm* die Zwei-Millionen-Grenze – die nächste Sensation in der Branche. Nun ja, und als nächstes kleines Dankeschön für diesen nächsten großen Erfolg lud Dirk Manthey den gesamten Verlag, inzwischen über hundertsechzig Leute, zum nächsten Betriebsausflug ein. Diesmal gleich für eine knappe Woche. Und zwar nach New York. Ja, New York. Sie wissen schon.

Nur zwei Highlights unserer Erlebnisse in New York: Gleich nach unserer Ankunft und dem Einquartieren in einem noblen Hotel in der 42nd Street in Manhattan ging es zur Grand Central Station, gleich um die Ecke an der Ecke 42nd Street und Park Avenue. In der imposanten Eingangshalle der Station hatte Dirk Manthey einen großen Balkon angemietet. Nur für uns. Zum Dinner. Nur für uns.

Und für unseren letzten Tag und Abend hatte Dirk Manthey gleich ein ganzes Passagierschiff samt Besatzung angeheuert. Nur für uns. Das fuhr den Hudson River runter bis zur Südspitze von Manhattan und dann den East River hoch und wieder zurück. An der Südspitze von Manhattan stoppte das Schiff. Und gegenüber am Ufer wurde ein großes Feuerwerk abgefackelt. Nur für uns. Die Twin Towers damals noch in der Skyline. Nur für uns – hätte ich fast gesagt. Märchenhaft. Unfassbar. Unglaublich. Aber man sollte es glauben. Denn es gibt, Sie wissen schon, hundertsechzig Zeugen. Darunter mich. Und Biggi B.

Und Dirk Manthey ließ uns alle nicht nur in Form solcher kleinen Aufmerksamkeiten wie Betriebsausflüge nach Venedig oder New York am großen Erfolg des Verlages partizipieren. Der Verlag war regelrecht feiersüchtig. Es gab regelmäßig Sommerfeste, Weihnachtsfeiern, oder es wurde auch hier und da einfach so etwas gefeiert. Ein Geburtstag des Chefredakteurs. Zur Not auch einer Empfangsdame.

Auf einer Weihnachtsfeier mit vielen Hundert Mitarbeitenden und mächtig Unterhaltungsprogramm in einer der Hamburger Messehallen wurde Dirk Manthey auf der Bühne vom Moderator des Abends, einem NDR-Menschen, gefragt, was denn der Grund sei für seine Riesenerfolge. Dirk zögerte nicht lange, streckte den Arm aus und ließ ihn über das Publikum schweifen: „Meine Mitarbeiter!" Mein Job im Verlag, für mich weder Beruf noch gar Berufung, war eigentlich immer nur ein Brotjob in Teilzeit, um meine eigentliche Arbeit als freier Politologe, Philosoph und Autor zu finanzieren – aber ich muss gestehen, dass mich diese Worte von Dirk Manthey doch nicht wenig berührt haben. Ich war ja auch einer von ihnen – seinen Mitarbeitern.

Dirk Mantheys ausladende Geste war keinesfalls nur Schmeichelei. Hatte er eine neue Idee, stellte er sie einer kleinen Gruppe handverlesener Leute vor, Redakteuren, Grafikern, Marketingleuten oder anderen Fachmenschen, die für das neue Projekt geeignet schienen. Und dann sagte Dirk einfach: „Macht mal!" Rückfragen? Die könnt Ihr Euch selbst beantworten. „Macht mal!" Und sie machten, fabrizierten, siehe oben, einen Erfolg nach dem anderen.

Und was da noch so war an Wertschätzung gegenüber seinen Mitarbeiterinnen und Mitarbeitern: Irgendwann tauchten zweimal die Woche Masseure auf, die einen durchkneteten – während der Arbeitszeit natürlich. Man konnte umsonst ins Kino, die Tickets wurden erstattet. Ebenso gab es Monatsfahrkarten für den ÖPNV auf Kosten des Verlages. Und Vermögensbildung in Arbeitnehmerhand – die monatlichen Beiträge allein, zumindest in meinem Fall, vom Verlag bezahlt. Irgendwann gab es auch noch Mitarbeiteraktien der neu gegründete Tomorrow-Internet-AG – umsonst natürlich. Deren Aktienkurse schossen gleich nach ihrer Ausgabe in astronomische Höhen. Man musste aber ein Jahr warten, um sie verkaufen zu können.

Und genau in diesem Jahr, im März 2000, kam es zur berühmt-berüchtigten Dotcom-Krise, der großen, schlagartigen Entwertung der ins Absurde gestiegenen Aktienkurse der New Economy, dem Platzen der Dotcom-Blase mit lautem Knall.

Das Märchen Verlagsgruppe Milchstraße, wie das Verlagskonglomerat inzwischen hieß, kam zu einem abrupten Ende. Das Anzeigengeschäft brach dramatisch ein. Kurz davor noch hochprofitable Projekte schrieben plötzlich tiefrote Zahlen. Ein Projekt nach dem anderen wurde verkauft oder gar eingestellt. Eine Entlassungswelle folgte der anderen. Ich ließ mich auf die Liste der – wenn ich es recht erinnere – dritten großen Entlassungswelle setzen, weil es da noch fürstliche Abfindungen gab. In dieser dritten Welle wurden die teuren Leute entlassen, die über die Jahre die höchsten Gehaltsklassen erreicht hatten, das Urgestein quasi, zu dem ich selbst gehörte.

Ich verließ die untergehende Verlagsgruppe Milchstraße 2004, Biggi B. 2005, wie sie mir achtzehn Jahre später, auf einem Mäuerchen sitzend, erzählte.

*

Mein Signal-Messenger piepte. Ich tippte auf das Icon. Eine Kontaktanfrage:

„Moinsen Mr. Scheunemann! Hoffe, bei dir ist alles Mythos. Bei mir ja. Habe eben Kiwi-Marihuana-Konfitüre gekocht. Ich liebe das Landleben …"

Ich las nicht weiter. Das war doch völlig durchgeknallt. Bestimmt nichts Seriöses. Womöglich was Unanständiges. Und die Zeiten, als ich womöglich Unanständiges anklickte, gerade weil es womöglich Unanständiges war, waren bei mir seit einiger Zeit vorbei.

Mein letzter Herbsturlaub auf Kreta war ein gutes Dreivierteljahr her – jener Urlaub, in dem die Sache mit Winni H. und Bonny P. passierte und ich kurz Bonnys Freundinnen kennenlernte, die ich aber fast schon wieder vergessen hatte. Aus dem Auge, aus dem Sinn. Mit dem Absender der Signal-Kontaktanfrage konnte ich also für den Moment nichts anfangen. Ich kannte in meinem Freundinnenkreis eine Biggi J. und eine Biggi G., aber keine Biggi B. – dachte ich. Aber ich hatte mich wohl verdacht.

Knappe zwei Wochen nach dem Signal-Kontaktaufnahmeversuch – ich war gerade auf Arbeitsurlaub am Bodensee – bekam ich eine E-Mail. Als Absender war eine Brigitte B. zu lesen. So langsam schwante mir was. Ich las:

„Tach Herr S., hier Frau B., bist du noch auf Signal unterwegs? Hatte dir vor einiger Zeit eine Nachricht geschrieben, die wo du aber gar nicht lesen tuen tust."

Oje, Frau B., das war Biggi B., ich vergesslicher Idiot.
Biggi B. kopierte mir den Text, den sie mir via Signal geschickt hatte, extra noch mal rein in ihre E-Mail. Ich las
ihn. Diesmal ganz. Genau nach der Stelle mit dem „Landleben", nach deren Lektüre ich die Sache weggeklickt
hatte, folgte der Satz: „Ich habe eine Jobanfrage …"

Ich Knallkopf. Man muss dazu sagen, dass Biggi B. eine
blitzgescheite Frau ist. Des Wortes mächtig. Und sie hat
die wunderbare Gabe, sprachlich die Deppin zu geben.
Nach dem Motto: Der Vorteil der Klugheit besteht darin,
dass man sich dumm stellen kann. Das Gegenteil ist schon
schwieriger. Ich habe mich einfach von ihrer formidabel
schrägen Art zu schreiben – „die wo du aber gar nicht lesen tuen tust" – schlichtweg ins Boxhorn jagen lassen.

Biggi B. arbeitet seit ihrer und meiner Zeit in der Verlagsgruppe Milchstraße als freie Autorin und Texterin – so
wie ich als freier Lektor, um meine Elaborate, die ich als
freischaffender Politologe und Philosoph eher brotlos fab-
riziere, mitzufinanzieren. Und Biggi B. wollte mich eben
als Lektor für ein Verlagsprojekt, in und an dem sie als
Freischaffende gerade arbeitet.

Ich Depp. Beinahe wär' die Sache schiefgegangen. Aber
ich habe den Auftrag dann doch noch bekommen. Einen
gut dotierten Auftrag über Wege, wie sie verschlungener
kaum sein können – mit Abstechern in Hamburg, auf
Kreta, in Venedig, in New York, am Bodensee und wieder
in Hamburg. Nicht zu vergessen ein kleines Dörfchen im
Nordwesten der Metropole, in dem Biggi B. ihr Landleben
verbringt. Kiwi-Marihuana-Konfitüre kochend. Den Namen des Dörfchens verschweige ich hier. Vor allem, weil
ich ihn vergessen habe. Und wegen Pig Brother natürlich.
Sie wissen schon.

Hallo!

Als höflicher Mensch grüße ich immer zurück, wenn jemand „Hallo!" zu mir sagt – auch wenn ein Passant zufällig an mir vorbeiläuft und gerade nur einen Anruf entgegennimmt. Heutzutage haben die Leute ihr Handy, ihr Smartphone, oft noch nicht mal in der Hand, sondern in der Hosen- oder Jackentasche und nur kleine Kopfhörer im Ohr mit inkludiertem Mikrofon. Früher hat man sich gedacht oder gar gesagt, dass der Mensch, der einem entgegenkommt, solo wohlgemerkt, eigentlich in die Klapse gehört ob des Selbstgesprächs, das er, wild gestikulierend, offensichtlich und vor allem offen hörbar führt. Heutzutage ist man dagegen nachsichtiger und nimmt nur noch selten an, dass da einer naht, der in die Geschlossene gehört oder ihr gerade entsprungen ist.

Ich mache mir seit Beginn der Unsitte, in öffentlichen Räumen andere Menschen lautstark mit Handy-Telefonaten zu belästigen, einen Spaß daraus, mich in diese Gespräche, von denen man nur die Hälfte mitbekommt, einzuklinken, sozusagen den Gegenpart, den Gesprächspartner zu spielen. Besonders dann, wenn diese Quatschköpfe, nicht selten Redemaschinen, unweit oder gar direkt neben einem sitzen, in einem Straßencafé, in einer Bahn, wo auch immer.

In der Regel fange ich mit einem „Ach!" an, sobald der Rücksichtslose seinen Redefluss kurz unterbricht, um Luft zu holen oder jenem am anderen Ende der Leitung Gelegenheit zu geben, zu antworten. Wenn das nicht wirkt, versuche ich es mit Antworten, falls Fragen zu hören waren: „Kein Ahnung!" Oder: „Woher soll ich das wissen?" Gut kommt auch, wenn ein sozial Schmerzfreier jemanden anruft und, sobald dieses abgenommen hat, zum Beispiel

„Hallo Erwin!" sagt. „Ich heiße Egbert!", gebe ich dann deutlich zu bedenken.

Bis zu einem gewissen Grad erscheint nachvollziehbar, dass die wenigsten der dieserart Ertappten, der – in des Wortes direkter Bedeutung – zur Rede Gestellten freundlich reagiert. Grimmige, genervte Blicke sind die Regel, zum Glück nur selten aggressive Töne oder Gesten. Nur wenige entschuldigen sich gestisch, mimisch oder mit einem leisen „Sorry!", um dann aufzustehen und einen Ort aufzusuchen, an dem man niemanden stört.

Einmal wurde die Sache brenzlig. Mir kam eine Frau entgegen, die ebenso weltvergessen wie emotional aufgewühlt lautstark in ihr Handy sprach – diese Art von Menschen gibt es bis heute, die, sobald sie ein Telefonat führen, die Lautstärke ihres Redens nahezu verdoppeln. Als ob sie via Kurbeltelefon mit dem Erfinder marktreifer Telefongeräte, Graham Bell, telefonieren würden. Vor hundertfünfzig Jahren etwa. Fast auf meiner Höhe sagte die Frau, während sie sich mit ihrer freien Hand vor die Stirn tippte: „Was war ich für ein Idiot!" Ich pflichtete spontan bei: „Stimmt!"

Nun, kaum hatte ich es ausgesprochen, schämte ich mich fast ein bisschen für meine Frechheit. Ich lief aber ruhig weiter. Die Frau war schlagartig verstummt. Ich lief noch ein paar Schritte, dann hörte ich ein deutliches: „Arschloch!" Ich hob, ohne mich umzudrehen, die Hand, winkte zum Gruße und lief einfach weiter. Womöglich leicht forcierten Schrittes. Aber wirklich nur leicht.

Natürlich hätte es auch sein können, dass ich sich von hinten schnell nähernde und lauter werdende Schritte höre und bei mir, noch bevor ich mich hätte umdrehen können, schlagartig die Lichter ausgehen. Samt Wiedererwachen in der Notaufnahme. Bei einem jungmännlichen Passanten im Jogginganzug oder gar in Camouflage gekleidet, der seinen Gesprächspartner mit „Eyh, voll Mann, Digga!

Bisde auch schon so breit wie ich?" begrüßt, sollte man also vorsichtig sein und nicht etwa mit „Wie soll das gehen?" antworten. Ich würde maximal den Daumen heben und kumpelhaft zunicken. Und dann leicht forcierten Schrittes weitergehen. Aber wirklich nur leicht.

———————————

Das Nil kocht in St. Pauli

Seit 1989 die Mauer fiel, fließt der Nil durch St. Pauli – so könnte man formulieren, wenn einem das Metaphorische etwas zu Kopf gestiegen ist. Und zwar etwas zu sehr. Auf jeden Fall eröffnete in diesem denkwürdigen, wenn nicht historischen Jahr das Restaurant Nil am Neuen Pferdemarkt in Hamburg St. Pauli. Das ist am genau gegenüberliegenden südlichen Ende des Schanzenviertels, an dessen nordwestlichem Ende ich seit 1986 wohne. Erst nahm ich die Eröffnung überhaupt nicht zur Kenntnis. Aber bald erzählte mir ein guter Freund, dass man da ganz außerordentlich gut und auch etwas „feiner" essen könne zu absolut zivilen Tarifen, sozusagen preiswert in des Wortes direkter Bedeutung: Das Essen ist seinen Preis wert. Und zwar überaus.

Ich war dann irgendwann das erste Mal da – und konnte alles nur bestätigen, was man mir erzählt hatte, ja sogar noch dick unterstreichen. Top Essen, top Service, top Preise – wobei bei den Preisen das *top* eigentlich *low* heißen müsste. Die ersten Jahre war ich zwar nur selten da, armer Doktorand, der ich damals noch war. Aber mit den Jobs nach der Promotion kam dann irgendwann das Geld, sodass ich das Nil öfter frequentieren konnte. Aber auch nicht zu oft besuchen wollte – das Nil ist, nicht nur für mich, etwas Besonderes. Und das soll es bleiben. Alles entwertet, wenn man es übernutzt.

Zudem muss man in diesem Kontext wissen, dass das Nil, neben den Speisen à la carte, immer auch ein fünfgängiges Menü des Monats anbietet – zu einem Preis, den zu nennen ich hier den Teufel tun werde. Sonst rennen noch mehr Leute da hin und versammeln mir die Chance, einen freien Platz zu bekommen. Frühzeitiges Reservieren eines Tisches, und zwar nicht Tage, sondern eher Wochen früher, empfiehlt sich nämlich schon immer unbedingt. Das Nil ist sehr beliebt. Man munkelt.

Worauf ich aber eigentlich hinauswollte, ist eine nette kleine Geschichte, die ich erst vor ein paar Wochen im Nil erlebt habe. Vorab: Der Service ist dortselbst, wie gesagt, top, die Bedienungen sind durch die Reihe sehr freundlich, effizient und kompetent, was etwa die Beratung in Sachen Wein betrifft, aber auch die fachliche Erklärung dessen, was man da gerade serviert bekommen hat als ersten, zweiten und so weiter Gang.

Viele der Servicekräfte kennt man über die Jahre, man freut sich, wenn man sich sieht. Scherzt miteinander. Veräppelt sich gelegentlich auch mal. Aber natürlich so, dass alle mitlachen können. So war es dann auch vor ein paar Wochen. Wir waren zu zweit, Freund Huschu und ich. Wir saßen an einem unserer Lieblingstische, oben auf dem Balkon, direkt an der Reling. Bedient wurden wir von einer überaus netten, kompetenten, etwas kleineren und leicht, aber wirklich nur leicht pummeligen Frau, die seit langen Jahren im Nil arbeitet. Gang um Gang kam, in gehörigem zeitlichen Abstand, versteht sich. Jede Speise war mal wieder sehr lecker, ebenso der Wein. Am Schluss die übliche Frage, ob denn alles okay gewesen sei und ob es noch etwas sein dürfe, ein Käffchen vielleicht oder auch ein Schnäpschen. Klar, zwei Schnäpschen, aber zunächst lobten Huschu und ich das Essen über alle Berge.

Und ich nahm die Gelegenheit beim Schopfe: Ich sei, sagte ich der Dame, seit seiner Eröffnung Gast im Nil, die ersten Jahre aufgrund Geldmangels weniger, die letzten Jahre aber umso mehr. Ich hätte noch nie etwas Schlechtes im Nil kredenzt bekommen, alles sei gut bis sehr gut, bis hervorragend gewesen, Speis wie Trank – und auch der Service. Die Dame strahlte. Aber! Ich müsse nach all den Jahren mal eine Kritik loslassen. Die Dame guckte plötzlich sehr ernst, fast erschrocken. Was ich richtig doof fände, sagte ich ihr, sei, dass man im Nil nicht die Teller ablecken dürfe.

Das kleine Bäuchlein der überaus netten Dame bebte sichtlich.

———————

Die Rede seines Lebens

Xénos verschob das PDF der Fachzeitschrift in den Ordner „gelesen". Ganz lesemüde war er noch nicht. Gerne wollte er noch das brandneue Heft, das er vormittags auf sein Tablet heruntergeladen hatte, zumindest überfliegen, das Inhaltsverzeichnis inspizieren, hier und da schon mal in die Artikel reinlesen. Er rieb sich das Gesicht. Ein paar Minuten wollte er Pause machen. Die Augen entspannen, etwas in die Ferne schauen, Passanten begutachten, dumm aus der Wäsche gucken.

„Könnte ich mich noch auf diesen Platz zwängen?" Ein Mann stand unverhofft neben ihm.

„Aber klar doch!" Xénos rutschte mit seinem Stuhl etwas beiseite. Der kleine runde Nachbartisch war zwar frei, aber in dem Straßencafé standen die Tische und Stühle oft so eng, dass man doch geneigt war, den Nachbarn zu fragen, bevor man sich setzte. Man saß in solchen Fällen, den Blick zur Straße gerichtet, fast Schulter an Schulter. Als ob man an einem Tisch säße. Xénos rückte auch seinen Tisch etwas beiseite, damit der Mann rechts von ihm etwas mehr Platz hatte.

„Danke, danke! Alles gut", sagte der, setzte sich und zog ein Laptop aus seinem kleinen Stadtrucksack.

Xénos kannte den Mann. Zumindest optisch. Und der Mann kannte Xénos. Aber auch nur vom Sehen. Xénos nutzte sein Tablet allein als Lesewerkzeug. Der Mann schien an seinem Laptop aber immer richtig zu arbeiten. Las, tippte, las, tippte. Xénos hatte sich schon oft gefragt, was der Mann da schrieb, was er von Beruf war. Seit gut einem Jahr tauchte er mit seinem Laptop in Xénos' Stammcafé auf, drinnen oder draußen, je nach Jahreszeit und Wetterlage.

Der Mann holte sein Laptop aus dem Stand-by. Xénos saß so, dass er mit halbem Auge und verstohlenem Blick sehen konnte, was auf dem Bildschirm erschien. Es war kein Textverarbeitungsprogramm, sondern irgendetwas Technisches. Zahlenkolonnen, merkwürdige Zeichen. Xénos konnte sich darauf keinen Reim machen. Er wollte auch nicht zu sehr rübergaffen. Das erschien ihm unschicklich. Also tippte er auf sein Tablet, rief die neu erschienene Fachzeitschrift auf und begann zu lesen.

„Entschuldigung, dass ich Sie anspreche. Aber ich frage mich seit langer Zeit, was Sie lesen, in der Regel hoch konzentriert, angespannt, hellwach – und oft auch, scheint mir, kopfschüttelnd bis verzweifelt …". Der Mann hatte sich etwas zu Xénos gedreht und lächelte ihn gespannt an.

„Das ist ja lustig, ich frage mich nämlich auch seit geraumer Zeit, was Sie …"

„Ich war aber Erster!" Der Mann streckte Xénos neckisch seinen erhobenen rechten Zeigefinger entgegen.

„Ja, ja, stimmt schon", Xénos schmunzelte. „Ist ganz einfach. Ich habe berufsbedingt ein großes Lesepensum zu absolvieren und da …"

„Berufsbedingt?" Der Mann hakte gleich nach.

„Nun, ich arbeite als freier Politologe, Philosoph und Lektor. Und Politologie und Philosophie – das sind reine Lektürefächer …"

„Davon kann man leben?"

„Ja, sehe ich denn so verhungert aus?" Das war Xénos' Standardantwort auf diese Frage, die ihm schon so oft gestellt wurde.

Der Mann schmunzelte. „Nö, nicht unbedingt. Nur – also, ich habe keine rechte Vorstellung von dem, was man als freier Politologe und Philosoph so macht den ganzen Tag."

„Ich mache nichts anderes als meine Fachkollegen an den Unis – nur bin ich befreit von Lehre und Verwaltung, also von der Durchführung, Vor- und Nachbereitung von Seminaren, der Gremienarbeit, von Berufungsverfahren,

Prüfungsabnahmen, Korrekturlesen von Seminararbeiten, Begutachtung von Doktorarbeiten und so weiter. Ich kann mich also vollständig auf die Forschung konzentrieren. Und das heißt in meinen Fächern eben, wie gesagt, lesen, lesen, lesen …"

„Und fürs Lesen werden Sie bezahlt?" Der Mann guckte skeptisch.

„Nein, natürlich nicht. Aber für absolvierte Forschungsaufträge, Vorträge auf Tagungen oder Fachartikel kriegt man dann doch ein bisschen Geld. Hier und da. Meine Haupteinnahmequelle ist aber mein freies Lektorat …"

„Darunter kann ich mir schon eher etwas vorstellen: Sie korrigieren Texte und bringen sie auch stilistisch auf Vordermann …"

„Genau!" Xénos nutzte sofort die Gelegenheit: „Jetzt möchte ich aber auch wissen, was Sie so beruflich treiben. Ich habe mir vorhin erlaubt, kurz auf Ihr Display zu blinzeln – und ich verstand rein gar nichts von dem, was ich sah …"

„Quellcode kann man in diesem Sinne auch nicht direkt lesen …" Der Mann zwinkerte kurz.

„Quellcode? Sie sind also so eine Art Computerfachmann?" Xénos schaute interessiert.

„Mehr Software- als Hardwarefachmensch …"

„Verstehe. Bei welcher Softwarefirma arbeiten Sie denn?"

„Bei keiner, ich bin Selbstständiger wie Sie …"

„Und davon kann man leben?" Xénos meinte, diesen Ball zurückspielen zu dürfen – obwohl er natürlich wusste, dass die in der IT-Branche gezahlten Tarife ganz andere waren als jene, die er von seinen Verlagen für seine Lektorate bekam. Dramatisch höhere.

„Gut pariert", meinte der Mann, „es geht so. Einfach ist es nicht immer."

„Na, jetzt untertreiben Sie wohl. Die IT-Branche zahlt doch ganz fürstlich. Hört und liest man immer wieder …"

„Mit der habe ich direkt nichts zu tun. Die ist oft eher mein Gegner." Der Mann sah plötzlich etwas nachdenklich aus.

„Sie haben als Softwarefachmensch mit der IT-Branche nichts zu tun? Das verstehe ich nicht." Xénos verstand es wirklich nicht.

„Um es so zu sagen: Kennen Sie den Chaos Computer Club hier in Hamburg?"

„Ja, klar! Aber …" Xénos drehte sich noch etwas weiter zu seinem Nachbarn und streckte ihm spontan die Hand entgegen. „… aber ich erlaube mir, mich erst mal kurz vorzustellen und ein Du anzubieten, so alt und honorig sind wir beide ja zum Glück noch nicht. Ich heiße Xénos."

Der Mann nahm Xénos' Hand freudig entgegen: „Sehr gerne, ich heiße Phoenix."

„Und beim Chaos Computer Club arbeiten Sie?"

„Du!"

„Ich?"

„Nein, wir wollten uns doch duzen." Phoenix lächelte verschmitzt.

„Ach, zu doof von mir. Pardon. Also beim Chaos Computer Club arbeitest Du?"

„Ja, aber nicht im Sinne eines Brotjobs. Im CCC arbeiten nur Ehrenamtliche."

„Und wovon leben – um nicht zu sagen: lebst Du?"

„Wie gesagt, ich bin wie Du ein Freelancer. Man heuert mich für verschiedenste IT-Dienstleistungen an …" Phoenix hielt kurz inne und senkte seinen Blick. Er schien nachzudenken.

„Softwareentwicklung?" Xénos konnte sich anderes kaum vorstellen.

„Am Rande auch Softwareentwicklung …" Wieder sah Phoenix nach unten.

„Und was umschließt der Rand, was liegt in seiner Mitte?" Xénos merkte, dass er womöglich etwas zu forsch fragte, zu distanzlos. „Entschuldige, ich wollte nicht zu aufdringlich werden mit meiner Fragerei. Meine Neugier ist einfach eine Berufskrankheit …"

„Kein Problem." Phoenix lächelte nachsichtig. „Also, genau genommen bezahlt mich meine Kundschaft dafür, dass ich bei ihr einbreche …"

„Was?"

„Ja, einbreche, aber nicht mit Stemmeisen und Bohrer, sondern via Internet, WLAN, mit meinem Computer, meiner Software, meinem Fachwissen, meinen Ideen – einbreche in ihre IT-Systeme, ihr Intranet, um so Schwachstellen aufzuzeigen. Bevor andere Hacker es tun – mit nicht so freundlichen Absichten …"

Xénos war begeistert und auch amüsiert. Und vor allem interessiert. Er hatte schon viel über Hacker und ihre in der Tat nicht immer netten Taten gelesen. Einen leibhaftigen vor sich zu haben, imponierte ihm, fand er spannend: „Das klingt ja aufregend!"

„Das ist es selten. Wenn der Einbruch gelingt, ist man natürlich froh. Aber davor liegt in der Regel ein Berg an Arbeit. Und hier und da ist man auch erfolglos." Phoenix legte beide Hände vor die Brust, als wolle er sich entschuldigen.

„Jetzt musst Du mir nur noch erzählen, warum dann die IT-Branche eher Dein Gegner ist – diese Unternehmen müssten doch froh sein, wenn man ihnen Schwachstellen, Einfallstore in ihre IT-Systeme aufzeigt …" Xénos war gespannt.

„Ja und nein. Die Großen der Branche haben dafür ihre eigenen Leute. Wenn die was finden, bleibt das schön geheim und wird nicht an die große Glocke gehängt. Am wenigsten geht es Richtung Medien. Du musst wissen, dass ich beim Chaos Computer Club, dem CCC, schon eher zum Urgestein gehöre ...“

„So alt siehst Du aber ganz und gar nicht aus ...“ Xénos meinte das völlig ernst und in keiner Weise als Schmeichelei.

„Na, mit 49 Jahren ist man in der Branche wirklich schon ein Methusalem. Aber darum geht es gar nicht. Ich bin in der Branche einfach bekannt als einer dieser linken Chaoten vom CCC – und der wurde ja gegründet, um den Großen der Branche, die oft schon Monopolstellungen innehaben, auf die Finger zu schauen und zu hauen. Für ein freies, unabhängiges, demokratisches Internet zu kämpfen, zu dem alle Menschen unbeschränkten Zugang haben. Wir sind bekanntlich Gegner der großen Softwaremonopolisten, der Datenkraken, der Herrscher der Social Media, die oft ziemlich asoziale Medien sind – und nicht selten der Herrscher auch der Politik. Denke nur an Elon Musk und sein Verhältnis zu Donald Trump und anderen Reaktionären. Denke an Bill Gates und seinen Einfluss auf die große, die internationale Politik, an Mark Zuckerberg ...“

„Das ist schon klar. Von diesen Zusammenhängen kriegen selbst wir Politikwissenschaftler gelegentlich ein bisschen was mit ...“ Xénos kratzte sich unschuldig am Kopf.

Phoenix lachte herzlich.

„Aber welche Firmen beauftragen Dich dann?“

„Tendenziell alle. Es gibt heute eigentlich gar kein Wirtschaftsunternehmen mehr, das kein IT-System hätte – und sei es nur ein einziger PC in der Buchhaltung einer kleinen Bäckerei, der aber am Internet hängt, also gehackt werden kann, der den Bäcker also erpressbar macht via Datenraub oder feindlicher Übernahme und Verschlüsselung ...“

„Jetzt verstehe ich ...“

„Was ich mache, ist eine Art IT- und Softwareberatung der besonderen Art. Ich werde vom kleinen Handwerker genauso engagiert wie von mittelständischen Betrieben oder gelegentlich auch großen Konzernen. Es läuft über Mund-zu-Mund-Propaganda, man wird empfohlen, weitergereicht …"

„Ich verstehe, ich verstehe …" Xénos senkte nachdenklich den Blick und strich sich mit der Hand übers Kinn. Immer wieder. Er saß so eine ganze Weile. Wie entrückt. Phoenix hatte Xénos, als er ihn noch nicht kannte, aber immer wieder im Café sah, schon oft in einer solchen Pose erlebt. Weltvergessen. Tief in Gedanken versunken. Entrückt.

„Woran denkst Du?" Phoenix hatte längere Zeit gewartet, bis er fragte.

„Ich merke, wir sind gar nicht so weit entfernt voneinander …" Xénos entschwand nur kurz zurück in sein Gedankenreich. „… also, ich meine, woran wir arbeiten, besser: wogegen wir arbeiten, jeder an seiner Stelle, jeder an seinem Platz, jeder mit seinen Mitteln, das sind – die Großen, die Mächtigen, die Weltregenten und die Herrschafts- und Ausbeutungssysteme, die sie zu ihren Gunsten errichtet haben …"

„Dann musst Du mir aber, bitteschön, schnurstracks erzählen, woran Du konkret arbeitest. Bislang weiß ich nur, dass Du Politologe, Philosoph und Lektor bist."

Xénos lächelte leicht verlegen. „Och, das geht eigentlich ganz schnell. Ich bin so ein alter linker Weltverbesserer …"

„Das ist doch schon mal besser als ein alter rechter Weltverschlechterer und -zerstörer. Von denen hatten wir schon genug …" Phoenix hob beide Augenbrauen und lächelte Xénos aufmunternd zu.

„Ich arbeite seit über vierzig Jahren an dem Projekt, die Welt humaner, sozialer, gerechter und auch ökologisch nachhaltig zu gestalten, habe Berge von Artikeln dazu geschrieben. Mein Hauptwerk, erschienen in zwei dicken Bänden, trägt den Titel *Ökologisch-humane Wirtschafts-*

demokratie. Da steht, seit über einem Vierteljahrhundert nachlesbar, eigentlich alles drin, was man hätte tun können und müssen, um den ganzen Wahnsinn, in dem wir inzwischen stecken – von der Klimakatastrophe bis hin zum Artensterben –, zu verhindern, um eine hundertprozentige Sonnenenergiewirtschaft zu schaffen, human, sozial, gerecht. Aber …"

Wieder verfiel Xénos in die Pose eines Weltvergessenen, Gedankenversunkenen, Entrückten. Das konnte bei ihm von einer zur nächsten Sekunde passieren. Selbst wenn er spazieren ging oder auch nur auf dem Weg zum Supermarkt war, blieb er nicht selten plötzlich stehen. Weil ihm ein Gedanke kam. Der interessant war. Den er nicht vergessen wollte. Den er durchdenken wollte. Der ihn ergriff. Ihn erstarren, innehalten ließ.

„Aber?" Phoenix ließ nicht locker.

„Aber?" Xénos war sofort wieder präsent. „Es wird alles immer schlimmer! Der Spalt zwischen Armen und Reichen wird immer größer. Die sozialen Spannungen nehmen zu. Die Zahl der Kriege auch. Eine anthropogen verursachte Wetterkatastrophe nach der anderen, die Pole schmelzen ab, das Eis Grönlands, die Gletscher. Die Wälder brennen, die Arten sterben, die Zahl der Umweltflüchtlinge steigt. Und was geschieht politisch? Stärkt das die Kräfte, die Linken und die Grünen, die schon immer vor diesen Entwicklungen gewarnt haben? Nein, die Rechten werden gewählt, die Klimawandelleugner, jene, die die Reichen noch reicher und die Armen noch ärmer machen wollen …"

„Trump hatte vor seiner ersten Präsidentschaft Steuererleichterungen für die Reichen vorangekündigt – und dann, als er das Amt übernahm, sofort durchgeführt. Die AfD möchte die Erbschafts- und Schenkungssteuer komplett abschaffen …" Phoenix wedelte mit seiner flachen Rechten vor seiner Stirn.

„Genau. Und den ganzen Klima- und Umweltschutz-
klimbim wollen sie auch zurückfahren oder auch ganz abschaffen, die AfD, die Trumps dieser Welt – ich muss sie
Dir nicht alle aufzählen. Die Liste dieser sozialen und ökologischen Rückschritte ließe sich beliebig verlängern.
Dreht die Welt einfach nur noch durch? Sind diese Leute
einfach nur noch strohdumm? Pervers? Krank?" Xénos
kam in Rage. Auch das konnte er.

Phoenix hörte Xénos mit nicht geringer Begeisterung zu.
Nicht nur aufgrund der Inhalte, die er äußerte. Sondern vor
allem aufgrund der Leidenschaft, mit der Xénos sprach.
Phoenix meinte, einen Bruder im Geiste vor sich zu haben.

*

„Letzte Runde! Möchtet Ihr noch etwas haben? Wir müssen das Gartencafé um elf Uhr schließen. Danach könnt
Ihr gerne noch reinkommen." Die junge Frau stand ganz
unverhofft vor den beiden. Xénos und Phoenix sahen sich
an. Sie hatten völlig die Zeit vergessen. Aber das Gespräch
wollten sie auf keinen Fall abbrechen. Mittendrin.

„Von mir aus gerne noch ein Bier." Xénos kannte die
junge Bedienung. Er blinzelte rüber zu Phoenix. Phoenix
blinzelte zurück. „Okay, bitte noch zwei Biere."

Phoenix stand kurz auf. „Ich komme gleich wieder."

Xénos wunderte sich etwas über sich selbst. Selten kam
er aus sich heraus. Vor allem nicht Menschen gegenüber,
die er eben erst kennengelernt hatte. Aber er meinte, Phoenix schon viel länger zu kennen. Sehr lange. Xénos emp-
fand eine merkwürdige Vertrautheit, gleich nach Phoenix‘
erster Frage. Und, so schien es ihm, eine beidseitige.
Xénos meinte, einen Bruder im Geiste vor sich zu haben.

*

„Ich musste mal zur Getränkerückgabe. Und auch kurz telefonieren. Hatte noch einen Termin heute Abend, ihn aber

ganz vergessen. Wollte mich kurz entschuldigen bei meiner Liebsten. Hast Du heute denn Open End – oder noch eine Verabredung? Würde Dir nämlich gerne noch ein paar Fragen stellen. Mir scheint, wir arbeiten wirklich am selben Projekt. Jeder, wie Du sagtest, an seinem Platz, mit seinen Mitteln …"

„Wenn ich nur Mittel hätte!" Xénos klang verzweifelt. „Meine Mittel sind dicke Bücher, die kaum einer liest, und Fachartikel, die maximal Fachkollegen zur Kenntnis nehmen. Ich arbeite seit Jahrzehnten daran, dass die Welt eine bessere wird – und sie verreckt gerade. Samt Menschheit. Sie versinkt in den Folgen, im Morast ihrer eigenen Dummheit und Verantwortungslosigkeit …"

„Du klingst sehr zornig!"

„Ich bin sehr zornig! Voller Wut. Voller Empörung. Oft ertappe ich mich sogar bei …" Xénos zauderte, schaute kurz nach links und rechts. Dann schwieg er und schüttelte kaum merklich seinen leicht geneigten Kopf.

Phoenix sah ebenso kurz nach links und rechts, als ob er prüfen wollte, ob da jemand ist, der sie belauschen könnte. Dem war aber nicht so, der Garten des Cafés war am fortgeschrittenen Abend schon ziemlich leer. „Ich will Dir ja nicht zu nahe treten. Wir kennen uns ja kaum. Aber irgendwie scheint mir eine gute Vertrautheit zwischen uns zu herrschen. Klingt vielleicht etwas albern, aber ich will Dir nichts Böses. Warum sollte ich. Ich finde das ganz wunderbar, was Du machst, woran Du arbeitest, wofür Du kämpfst – trotz Deiner sehr eingeschränkten Mittel. Das kann ich gut nachvollziehen. Meine Mittel sind wohl etwas wirkungsmächtiger, aber würde ich sie anwenden gegen die Mächtigen – ich landete schnell im Knast. Lebenslang. Mit anschließender Sicherheitsverwahrung …

„Wie bitte?" Xénos war sichtlich überrascht über diese Wendung des Gesprächs.

„Nun ja, dass Hacker, die ihr Handwerk verstehen, viel Schaden anrichten können, wenn sie in neuralgische, in systemrelevante Institutionen eindringen – das geht doch seit langer Zeit durch die Medien." Phoenix klappte sein Laptop zu, das er die ganze Zeit so und so nicht genutzt hatte, schickte es in den Ruhezustand.

„Stimmt. Aber kann man nicht auch Gutes tun mit diesem machtvollen Mittel?" Xénos' Fantasie blühte auf.

„Klar, siehe Whistleblower wie Julian Assange – und siehe sein Schicksal. Wie sie ihn fertiggemacht haben …" Jetzt klang Phoenix nicht wenig zornig.

Xénos schwieg, sah betrübt drein.

„Okay, ich könnte mich vielleicht ins Intranet von Elon Musk hacken und auf seinem persönlichen Rechner heimlich einen neuen Startbildschirm installieren. Auf dem könnte Musk am nächsten Morgen dann lesen: ‚Wussten Sie schon, dass Elon Musk ein großes reaktionäres Arschloch ist?'"

Xénos lachte laut auf. „Sehr gut, sehr gut …"

„Jetzt musst Du mir aber unbedingt noch erzählen, wobei Du Dich in Deinem Zorn immer wieder ertappst." Phoenix ließ wieder nicht locker.

Xénos verging das laute Lachen. Jetzt schmunzelte er eher verlegen. „Nun, das sind einfach alberne, womöglich sogar kindische Allmachtsfantasien. Nach dem Motto: Was würde ich tun, wenn ich Diktator wäre, ein allmächtiger Diktator. Es sind aber auch …" Wieder lugte Xénos kurz nach links und rechts. „… bitte verstehe mich richtig, es sind konkretere Fantasien, bis hin zu Aggressionsfantasien, aus Wut und Zorn geboren. Aber nicht wirklich auf Verwirklichung gerichtete …" Xénos brach ab. „Ich wär' wahrscheinlich sogar zu doof, mir eine Knarre zu besorgen, geschweige denn zu gebrauchen, ohne jemanden zu gefährden – einschließlich mich selbst …"

„… eine Knarre?" Phoenix' Blick changierte zwischen großem Erstaunen und leichtem Amüsement.

„Ja, ich sage doch und betone nochmals, es ist nur eine Fantasie, eine Fantasie …"

„… ja welche denn?"

„Nun, die Knarre einem bekannten, weltbekannten Politiker an die Schläfe zu halten und ihn vor großem Publikum zu zwingen, die Rede seines Lebens zu halten. Meine Rede …"

„Mein lieber Herr Gesangsverein …" Phoenix wog bedeutsam den Kopf, runzelte die Stirn und schob die Unterlippe hoch.

„… vor einem möglichst großen Publikum, dem Deutschen Bundestag oder der UN-Vollversammlung …"

„… wenn schon, denn schon …" Phoenix schmunzelte.

„Du schmunzelst, bist nicht entsetzt?" Xénos war sich unsicher.

„Warum entsetzt?" Phoenix sah jetzt wieder eher nachdenklich aus. „Ich kenne solche Fantasien, geboren aus Verzweiflung und Ohnmachtsgefühlen, sehr gut. Was meinst Du, wie oft ich gewissen Leuten gerne einfach eine reinzimmern würde. Den sogenannten kleinen Leuten, den Ausgebeuteten, eher aus Mitleid, damit sie endlich wach werden …"

„… ‚wach' ist heutzutage als ‚woke' verschrien …" Xénos konnte sich diesen kleinen Einschub nicht verkneifen.

„… den anderen, den Reichen, den Mächtigen, den Ausbeutern als Ausdruck meiner Verachtung. Aber, Du kannst es Dir denken, ich habe es noch nie getan – und ich werde es nie tun. Ich glaube, dass wohl alle Menschen, die halbwegs denk- und moralfähig sind und offenen Auges durch diese kranke Welt laufen, immer wieder von solchen Gefühlen und Fantasien heimgesucht werden – geboren, wie gesagt, aus Verzweiflung und grenzenloser Ohnmacht. Wie soll man das sonst alles aushalten?"

„Das beruhigt mich." Xénos' dankbarer Blick war nicht gespielt.

Die beiden saßen eine ganze Weile schweigend nebeneinander. So vieles wurde angesprochen. So vieles galt es zu reflektieren – oder erst mal sacken zu lassen. Dazu passte, dass die junge Bedienung die bestellten Biere auf den Tisch stellte. Sie entschuldigte sich. Es habe etwas gedauert. Die Kasse habe gesponnen. Mal wieder die neue Software.

„Ach!" Bei dieser Bemerkung beließ es Phoenix jedoch. Er griff sich freudig eine der kühlen Flaschen. Xénos tat es ihm gleich, nahm die andere. Man hatte sich den Mund auch etwas trocken geredet.

„Mir geht da ein Gedanke durch den Kopf." Phoenix stellte sein Bier zurück auf den Tisch. Xénos sah ihn erwartungsvoll an.

„Also, das mit der Knarre ist womöglich gar nicht notwendig …"

„Ja, soll ich den Kerl denn würgen, damit er macht, was ich will?" Xénos brach ob seiner eigenen Worte in Lachen aus. Phoenix lachte mit.

„Nein, weder noch. Du ersetzt den Kerl, den prominenten Politiker, durch eine perfekte Kopie, seinen Avatar, der Dir völlig ergeben ist, alles macht, was Du willst, alles vorliest, was Du willst. Im Bundestag zum Beispiel, zu bester Sendezeit, in der Hauptnachrichtensendung …"

„Wie bitte? Könnte es sein, dass ich hier an diesen beiden Tischen nicht der Einzige bin, den gelegentlich Allmachtsfantasien befallen?" Xénos betrachtete, ja inspizierte Phoenix mit großen Augen. Sein Gesicht war ein einziges Fragezeichen.

„Durchaus! Aber das hat nichts mit Allmachtsfantasien zu tun – sondern mit KI, Künstlicher Intelligenz, und einem sauberen, koordinierten Hacking des Servers und der gesamten IT-basierten Steuerung einer großen Sendeanstalt …" Phoenix sprach und schaute drein, als ob das alles das Normalste und Einfachste der Welt sei.

Das Fragezeichen in Xénos' Gesicht verschwand plötzlich. Ihm fiel ein Video ein, das neulich durch die Medien ging. KI hatte Barak Obama täuschend echt Worte in den Mund gelegt, die er nie gesprochen hatte. Xénos befiel Euphorie, maßlose Euphorie. Er sah Phoenix an, als ob der ein Wesen aus einer anderen Welt sei. Ein höheres.

„Du guckst mich an, als ob ich ein Wesen aus einer anderen Welt wäre!" Phoenix war sichtlich amüsiert.

„Bist Du das etwa nicht?" Xénos lachte laut heraus. Phoenix ließ sich anstecken.

*

Xénos hatte Phoenix' Demo-Video gerade heruntergeladen. Er war zum Bersten gespannt. Klickte mit zittriger Hand auf die Datei. Sein Media-Player öffnete sich. Das Video begann automatisch. Man sah den üblichen Vorspann der Tagesschau, der Hauptnachrichtensendung um acht Uhr abends. Jens Riewa, der Nachrichtensprecher, erschien täuschend echt. Optisch wie akustisch. Die übliche Begrüßung der Zuschauer. Die Überleitung zum ersten Bericht. Bundeskanzler Olaf Scholz habe heute eine Grundsatzrede gehalten. Man zeige nun einige Ausschnitte als Zusammenfassung. Der Bundeskanzler erschien. Stehend hinterm Rednerpult des Bundestages. Scholz griff sein Manuskript und begann seine Rede, wiederum alles täuschend echt, optisch wie akustisch, seine Stimme, sein Tonfall:

„Ihr vollendeten Vollidioten! Wenn Ihr wüsstet, wie sehr Ihr mich …"

Schnitt. Phoenix erschien: „Kleiner Gag am Rande, aber so könnte die ganze Sache aussehen. So kannst Du der

Welt dann die Leviten lesen." Phoenix winkte. „Bis bald!"
Schnitt. Es kam noch der übliche Abspann der Tages-
schau. Dann war das Demo-Video, nicht viel mehr als eine
Minute lang, zu Ende.

Bei den „Vollidioten" war Xénos fast kollabiert. Als
gleich darauf Phoenix erschien und seinen Gag offenbarte,
überkam Xénos erlösendes Lachen, das kaum enden
wollte. Was war Phoenix für ein wunderbarer Halunke.
Was war Xénos froh, ihn kennengelernt zu haben.

*

„Es war übrigens eine gute Idee, dass wir uns gleich wieder hier im Café verabredet haben, wir sollten uns, wenn
überhaupt, so wenig wie möglich über das Internet austauschen – von banaler Alltagskommunikation, etwa Verabredungen zum gemeinsamen Bier, natürlich abgesehen.
Das Demo-Video habe ich Dir bewusst über das Darknet
geschickt. Es ist übrigens schon wieder gelöscht auf Deinem PC …"

„… gelöscht? Auf meinem PC?" Xénos verstand nichts.

„Ja, ich habe es so eingerichtet. Wir dürfen keine Spuren
hinterlassen. Das Internet vergisst nichts. Hier in der ana-
logen Öffentlichkeit eines Straßencafés sind wir viel si-
cherer, viel anonymer." Phoenix drehte sich sicherheits-
halber dennoch kurz nach links und rechts, um zu überprüfen, ob der Abstand zum nächsten Tischnachbarn, der mithören könnte, hinreichend groß war. „Was wir hier
schwätzen – wenn wir nicht gerade lautstark und akzentu-
iert über geplante Bankeinbrüche, Drogendeals oder At-
tentate reden –, interessiert die Leute links und rechts keinen Deut."

„Ich verstehe. Ist einleuchtend." Xénos fühlte sich plötzlich wie ein gesuchter, verfolgter Untergrundkämpfer. Er
wusste nicht, ob er das gut oder schlecht finden sollte.

„Was ich wissen müsste und was mich natürlich auch brennend interessiert: Was soll denn in Deiner Rede stehen, womit willst Du die Leute aufrütteln? Denn bedenke: Du hast maximal fünfzehn Minuten Zeit, die Welt zu erklären und Wege aufzuzeigen, wie man sie zu einer besseren machen könnte. Und ob wir das Kapern des Servers der Sendeanstalt über fünfzehn Minuten überhaupt hinkriegen …"

„Wir?" Xénos verstand wieder nichts.

„Ja, klar, wir. Das werde ich nicht alleine hinkriegen. Da brauche ich die Hilfe von ein paar Kollegen. Die IT-ler der Sendeanstalt werden den Braten schnell riechen und Gegenmaßnahmen ergreifen – bis hin zum Einschalten der staatlichen Cyberabwehr. Meine Kollegen brauche ich, um diese Gegenmaßnahmen zu konterkarieren …"

„Oje, das nimmt ja Dimensionen an …" Xénos wurde es etwas mulmig.

„Keine Angst, wir wissen, was wir tun. Alles wird völlig anonym sein und bleiben, nicht zurückzuverfolgen. Wäre das nicht so, würden wir es nicht machen. Im Knast will keiner von uns landen."

„Das beruhigt mich ungemein …" Xénos war schon immer ein schlechter Lügner.

„Na, dann leg' mal los!" Phoenix guckte gespannt.

„Was? Jetzt?"

„Lieber erst nach dem nächsten Bier?" Phoenix konnte auch recht schnippisch sein.

„Mensch, mein Guter, ich fühle mich etwas überfahren, aber …" Xénos stockte kurz.

„… aber?"

„… aber eigentlich habe ich alles auswendig im Kopf. Seit Jahren. Abrufbereit auch nachts um drei oder nach dem fünften Bier …"

Phoenix ergriff die Gelegenheit und kringelte in Richtung der gerade vorbeilaufenden Bedienung mit dem

Zeigefinger in der Luft, eine weitere Runde Bier bedeutend. Die junge Frau nickte verständnisvoll.

„Also." Xénos rückte etwas seinen Stuhl zurecht. „Gleich zu Beginn muss natürlich die Diagnose stehen. Die Benennung der Ursachen der umfassenden sozialen, politischen und ökologischen Krise, in der wir stecken – siehe den wachsenden Reichtum hier, die wachsende Armut dort, die immer größer werdende Zahl von Kriegen, die Fluchtbewegungen auch als Folge der Klimakrise, der Dürren, der Überschwemmungen, der Waldbrände, der Hungerkrisen. Meine These ist nämlich, dass die Ausbeutung des Menschen und die der Natur letztlich die gleiche Ursache hat."

„Und die wäre?" Phoenix guckte gespannt.

„Beides beruht auf der Herrschaft des Menschen über den Menschen, besser: der Herrschaft weniger Menschen über die vielen, die beherrscht und ausgebeutet werden. Die großen, herrschaftlich-autoritär von oben nach unten strukturierten Systeme, vom privatkapitalistischen Konzern bis zum autoritären Staat, in denen Menschen ausgebeutet werden, sind dieselben, die die Natur ausbeuten."

„Beispiele?"

„In unserer heutigen Zeit sind es an erster Stelle die großen Konzerne, die weltweit agieren. Nach dem Zusammenbruch der Sowjetunion und des ganzen Realsozialismus hat sich das Prinzip der Profitmaximierung über die ganze Welt ausgebreitet, und Profitmaximierung geht nicht ohne Ausbeutung von Mensch und Natur. Jeder Reichtum, ohne jede Ausnahme, stammt aus der Aneignung der Arbeit anderer Menschen, also aus Ausbeutung. Und diese Arbeit der Menschen geht wiederum nicht ohne Ausbeutung der Natur. Und zwar so rücksichtslos wie möglich, alles andere würde die Profite schmälern."

„Aber in der Sowjetunion soll es auch massive Umweltprobleme gegeben haben. Und die kommunistischen Parteibonzen im Kreml lebten dann doch etwas besser als die knechtende, schuftende, arbeitende bis ameisende Bevölkerung." Phoenix warf es wie selbstverständlich ein.

„Sehr gutes Beispiel – und willkommener Anlass darauf hinzuweisen, dass es wirklich auf die autoritär von oben nach unten durchstrukturierten großen Sozialsysteme, Produktionsbetriebe wie Staaten, ankommt und weniger darauf, wer an ihrer Spitze steht und den Reichtum, der produziert wird, an erster Stelle aneignet. Das sind in unseren modernen Zeiten die kapitalistischen Eigentümer der Konzerne und ihre Bediensteten, die Manager. Aber auch Prunk und Pracht der antiken Reiche, der Ägypter, der Babylonier, der Römer, der Reiche des Mittelalters – alles Artefakte der Ausbeutung großer Teile der Bevölkerung, der eigenen wie der kolonialisierter Länder, zugunsten des Reichtums kleiner Eliten, der Kaiser und Könige, des Adels, der Feudalherren …"

„… und der Kirchenfürsten …"

„Ganz genau – du bist und bleibst einfach ein schlaues Kerlchen! Auch die Kathedralen der Kirchenfürsten, ihre Villen, Ländereien und Schatzkammern sind Artefakte, sind Zeugnisse der Ausbeutung. In der Antike waren es vor allem Sklaven, die den Reichtum schufen, im Mittelalter Leibeigene und Tagelöhner, in der Neuzeit und bis heute sind es Lohnarbeiter …"

„… und Arbeiterinnen …" Phoenix hob den Zeigefinger und zog die linke Augenbraue hoch.

„Klar." Xénos hob den Daumen. „Ohne die Ausbeutung der Frau, und zwar nicht nur ihrer Lohnarbeit, sondern vor allem ihrer Pflege- und Sorgearbeit im Haushalt, bei der Kindererziehung, Kranken- und Altenpflege, würde das gesamte System auf der Stelle zusammenbrechen."

„Man könnte sarkastisch sagen: Die Frau hält mit dieser Reproduktionsarbeit dem Mann den Rücken frei, damit der sich auf dem Arbeitsmarkt feilbieten kann – um selbst ausgebeutet zu werden und die Natur damit gleich mit auszubeuten im Dienste seiner Herren, Pardon: Arbeitgeber …"

„… Arbeitgeber, die eigentlich Arbeitnehmer heißen müssten, weil sie die Arbeit der Arbeitenden entgegennehmen … "

„… samt der durch diese Arbeit geschaffenen Profite …" Zur Abwechslung hob Phoenix den anderen Zeigefinger.

„Genau." Xénos tippte sich kurz mit dem Zeigefinger gegen die Nase. „Worauf ich hinauswill: Diese, sage ich mal, vormodernen, nicht kapitalistischen Ausbeutungssysteme sind in großen Teilen der politischen Linken viel zu sehr aus dem Blick geraten."

„Aber wir leben doch nun mal im Kapitalismus und nicht mehr, zumindest in den sogenannten westlichen Demokratien, im Feudalismus …" Phoenix runzelte etwas die Stirn.

„Klar, aber viele Linke meinen, man müsse nur den Kapitalismus abschaffen, dann sei alles gut …"

„Etwa nicht?"

„Auf keinen Fall!" Xénos machte große Augen. „Wir leben doch gerade in einer Zeit, in der der gesamte Atavismus, diese ganze vormoderne und damit auch vorkapitalistische ‚alte Scheiße' wieder zum Vorschein kommt, wie das der olle Karl Marx mal wortwörtlich nannte: Feudalismus, Nationalismus, Autoritarismus, Religion, Rassismus, dieser ganze alte Mist eben. Marx hat den Kapitalismus überschwänglich gelobt für seine Zerstörung des Feudalismus, der Herrschaft der Könige und des Adels, für die Befreiung des Bürgertums und damit für den Aufstieg der kapitalistisch-industriellen Massenproduktion und, was Marx aber noch nicht sehen konnte, für bescheidenen Wohlstand für alle, aber auch – Schritt um Schritt – des freiheitlichen, demokratischen Rechtsstaates …"

„… von dem die Arbeiterklasse und die Frauen erst mal ausgeschlossen waren …"

„Genau!" Xénos unterbrach sich kurz selbst. „Wobei mir gerade auffällt, dass ich auf jeden Deiner Einwürfe andauernd mit ,Genau!' antworte – irgendwie sind wir von gleichem Holze."

„Genau!" Phoenix klopfte mit den Knöcheln seiner Faust auf den Tisch, wie wenn der aus Holz wäre. Er war aber aus Marmor. Es schmerzte ihn aber nur kurz.

„Richtig, die Arbeiterklasse und die Frauen mussten sich ihre politische und soziale Teilhabe erst erkämpfen: Wahlrecht, Sozialgesetzgebung, also Kranken- oder Rentenversicherung, aber auch kulturelle Teilhabe, an den Künsten, an der Wissenschaft – den ganzen zivilisatorischen Errungenschaften. Und genau diese zivilisatorischen Errungenschaften, die *auch* ein Ergebnis des Sieges des Kapitalismus über den Feudalismus sind, sind derzeit in Gefahr. Der Firnis der Zivilisation ist ein sehr dünner – darunter lauert diese ganze, wie gesagt, ,alte Scheiße' der Unfreiheit, des Autoritären, lauern Rassismus, Frauenfeindlichkeit, religiöse Verblendung."

Phoenix hörte Xénos gespannt zu, sah aber immer nachdenklicher aus.

Xénos merkte das, unterbrach seine Rede und sah Phoenix fragend an: „Erklär' mir bitte die Runzeln auf Deiner Stirn."

„Was ich nicht verstehe: Der Kapitalismus hat sich doch über die ganze Welt ausgebreitet, mehr oder minder. Warum hat er dann aber nicht, etwa in Russland oder China, auch dort zur Befreiung von dieser ganzen ,alten Scheiße' geführt? Diese beiden Ländern, um nur sie als Beispiele zu nennen, sind ja zutiefst autoritär geführte politische Diktaturen." Phoenix runzelte weiterhin die Stirn.

„Das ist eigentlich ganz einfach. Im Westen war die Entwicklung zum Kapitalismus ein historisch völlig neuer Prozess, der ein halbes Jahrtausend dauerte – die Könige, Feudalherren und Kirchenfürsten als ehemalige Herrscher wehrten sich heftig gegen das Aufkommen des Bürgertums und der folgenden Litanei namens Freiheit, die zunächst Gewerbefreiheit hieß und zur kapitalistischen Industrialisierung führte, namens Rechtsstaat und Demokratie.

Die Nachfolgestaaten der Sowjetunion und auch China, als es beschloss, sich dem kapitalistischen Weltmarkt zu öffnen, konnten jedoch das quasi fertige Modell des Kapitalismus und kapitalistisch organisierter Produktion schnell übernehmen – samt der im Westen entwickelten modernen Technologien. Aus den Parteibonzen in Russland wurden schnell die Oligarchen, die die großen Produktionsbetriebe unter nun kapitalistischen Vorzeichen führen und die Profite aneignen. In China verlief es nach der Öffnung zum kapitalistischen Weltmarkt analog. Hier durften sich aber frühzeitig auch kleine Parteikader, Handwerker, Händler, wer auch immer zu Großkapitalisten hocharbeiten – wenn sie nur politisch loyal blieben und im Rahmen der politischen Direktiven der KPCh, der Kommunistischen Partei Chinas handelten.“

„Was hat das noch mit Kommunismus zu tun?“ Phoenix fragte rein rhetorisch. Er kannte die Antwort.

„Nichts. In China werden Lohnarbeiter genauso ausgebeutet zugunsten der Profitmaximierung weniger Kapitalisten – und zugunsten der Parteibonzen, die natürlich ihren Anteil an diesen Profiten einfordern und auch bekommen. Zudem: Auf die sozial wie ökologisch desaströsen Folgen kolonialer, neokolonialer und vor allem kapitalistischer Ausbeutung durch ,den Westen‘ sowie die freiheitlichen Zumutungen der Moderne reagieren viele ehemalige realsozialistische Länder sowie die des globalen Südens mehr und mehr mit antiwestlichem Ressentiment und Rückbesinnung auf das kulturell Eigene: Religion, Nation, Ethnie und traditionale soziale und politische Herrschaftsformen jenseits von individueller Freiheit und Demokratie: Monarchie, Klerikalherrschaft, Clanwirtschaft, Autokratie ‚großer Führer' oder auch nur von Militärdiktatoren oder Warlords. Und eben Einparteiendiktaturen wie in China oder Vietnam nicht zu vergessen." Xénos unterbrach sich, weil er sah, dass sich die Sorgenfalten auf Phoenix' Stirn nicht verflüchtigt hatten.

Phoenix merkte das: „Also, das alles ist hoch spannend und sehr interessant. Aber – wie willst Du das alles in einer nur viertelstündigen Rede unterbringen? Zumal Deiner Diagnose der Probleme dieser Welt jetzt noch die Therapievorschläge folgen müssten – wie kommt man, wie organisiert man eine sozial gerechte, freiheitliche, demokratische, möglichst herrschaftsfreie und auch noch ökologisch nachhaltige Welt?"

„Ich muss Dich leider enttäuschen. Die Diagnose ist noch nicht zu Ende. Der zweite Teil fehlt noch, jener, den große Teile der Linken in ihren Analysen ausblenden, vergessen, nicht wahrhaben wollen. Bei diesen Linken ist, wie gesagt, am gesamten Schlamassel der Kapitalismus schuld …"

„Auch an den Erdbeben?" Phoenix spielte den Dorftrottel.

„Scherzkeks – obwohl das partiell sogar stimmt, aber nur sehr partiell: In den ehemaligen Bergbaugebieten des Ruhrgebiets, von kapitalistischen Konzernen ausgebeutet, sinkt die Erde in der Tat immer wieder ab. Nicht selten auch ruckartig." Xénos ruckelte, wie zum Beweis, kurz auf seinem Stuhl. „Aber worauf ich hinauswollte: Viele Linke sehen nur noch den Kapitalismus als anonymes, überindividuelles System, sie vergessen oft die Antriebe, Motive, Wünsche, Gelüste der Kapitalisten und Manager, die Habsucht, die Profitgier – und vor allem übersehen sie, dass diese Motive auch schon die vorkapitalistischen Herrscher großer autoritärer Systeme antrieben, also die Fürsten, Könige und Kaiser. Nur in solchen autoritären Systemen können sich dummpeinliche individuelle Charaktermängel autoritär strukturierter Seelenkrüppel ..."

„... sehr schöne Formulierung. Die muss unbedingt in Deine Rede rein!" Phönix grinste diebisch.

„Gerne. Also, was wollte ich sagen? Ach ja: Nur in großen autoritären Systemen können sich die kranken Triebe autoritärer Zwangsneurotiker, autoritär strukturierter Seelenkrüppel – also Habsucht, Raffgier, Ruhmsucht, Größenwahn, religiöse oder andere ideologische Verblendung, rassistische, sexistische, ethnozentrische, nationalistische Überheblichkeit, Herrenmenschenwahn, imperialistische Weltmachtfantasien – zu Bedrohungen für ganze Staaten und Staatensysteme, die Menschheit insgesamt sowie für die natürlichen Lebensgrundlagen potenzieren. Man sehe, was die Diktatoren dieser Welt – von Hitler und Mussolini über Stalin und Pol Pot bis hin zu Putin oder den Klerikern im Iran – der Welt hinterlassen haben oder noch immer hinterlassen: Krieg, Zerstörung, Ausbeutung von Mensch und Natur ..."

„... könnte man sagen", Phoenix rieb sich ein Ohrläppchen, „dass die Welt in die Grütze geht, weil sich diese Zwangsneurotiker einen Namen machen wollten? Weil sie als die Größten in die Geschichte eingehen wollten?"

„Und sei es die größten Massenmörder!" Xénos schob gleich nach: „Manche tragen diesen Größenwahn sogar noch in ihrem Namen: Alexander der Große, Karl der Große, Peter der Große, Katharina die Große, um nur diese paar Beispiele zu nennen – das waren alles Massenmörder, die andere Länder überfielen, um sie auszubeuten, in ihren Herrschaftsbereich zu integrieren, um zu expandieren, bis hin zum Weltreich. Größenwahnsinnige eben. Und um was für ein krankes Gesindel es sich bei diesem Menschentyp handelt, siehst Du auch daran, dass sie sich überall Statuen und Gemälde ihrer selbst hinstellen oder aufhängen lassen, auf allen Marktplätzen und in allen Amtsstuben. Dieses Herrschaftsgesindel braucht Paläste, Gold und Prunk, dicke Autos, teure Uhren und Anzüge, wenn nicht Uniformen oder Königsgewänder, um ihre seelische Degeneration zu kompensieren. Sie *sind* nichts, keine großen Wissenschaftler, Philosophen, Künstler, Schriftsteller oder auch ‚nur' erfolgreiche Sportler, tolle Köche oder versierte Handwerker – also kompensieren sie das mit der Zurschaustellung dessen, was sie *haben* …"

„… wie das Erich Fromm in seinem Buch ‚Haben oder Sein' sehr schön beschrieben hat …" Phoenix hatte das Buch schon in seiner Jugend gelesen.

„Sehr richtig, ich beschreibe es aber etwas deutlicher, was dieses staatliche, klerikale oder kapitalistische Herrschaftsgesindel antreibt: Wer hat die dickste Yacht, den größten Palast, die meisten Panzer, die dicksten Muskeln, den längsten Schwanz, die meisten Konkubinen …"

„… bei den Unterklassen heißen Konkubinen übrigens Nutten …" Phoenix konnte sich diese Klarstellung nicht verkneifen.

„… ja, genau, und in den Bildungsklassen Sexarbeiterinnen. Das sind aber nur beschönigende oder despektierliche Namen. Das ändert nichts an der Sache." Xénos merkte, dass Phoenix unruhig wurde und wohl etwas sagen wollte.

„Um Mensch und Natur auszubeuten, braucht es also zwei Dinge: große, autoritär strukturierte Systeme, also Staaten, Weltreligionen oder Produktionsbetriebe – und autoritär strukturierte Zwangsneurotiker und Seelenkrüppel an der Spitze und an den wichtigen Funktionsstellen dieser Systeme, also ein systemadäquates Menschenmaterial …" Phoenix' Stirnfalten hatten sich etwas gelegt.

„Genau." Xénos versuchte sofort, auch diese noch zu glätten. „Das bedingt sich gegenseitig. Und das muss sich bedingen, sonst würden diese autoritären Systeme nicht funktionieren. Es braucht hinreichend viele autoritär strukturierte Claqueure, Mitläufer, Mittäter, Handlager, Funktionäre, Beamte, Messdiener, Gläubige …"

„‚Es ist nichts so absurd, dass Gläubige es nicht glaubten. Oder Beamte täten.' Wer hat das noch gesagt?" Phoenix hatte kein gutes Namensgedächtnis.

„Ich habe ihn vor Augen, aber ich habe kein gutes Namensgedächtnis." Xénos kratzte sich kurz am Kopf. „Auf jeden Fall: Die Sache funktioniert, weil sich diese autoritären Zwangsneurotiker und Seelenkrüppel *als* solche autoritären Zwangsneurotiker und Seelenkrüppel nicht selbst erkennen. Alle sind ja so. Also ist das normal. Also sind *sie* normal." Xénos betonte einige Wörter, als spreche er in Großbuchstaben.

„Das erklärt einiges." Auf Phoenix' Stirn war kaum noch eine Falte zu sehen. Er sah eher etwas bekümmert aus.

„Das ist übrigens der Grund, warum sämtliche großen Revolutionen der Neuzeit letztlich gescheitert sind: Die Französische Revolution von 1789 endete im jakobinischen Terror, die Oktoberrevolution in Russland 1917 im stalinistischen Terror und die Revolution in China 1949 im Terror der maoistischen Kulturrevolution. Man kann, das ist meine fundamentale These, mit Horden autoritär strukturierter Zwangsneurotiker, die Freiheit und Demokratie noch nie leben und lernen konnten, keinen freiheitlichen, demokratischen Sozialismus schaffen – am allerwenigsten von heute auf morgen, also revolutionär."

„Das klingt alles ziemlich niederschmetternd." Phoenix sah entsprechend aus.

„Das ist es auch, aber um den ollen Hölderlin zu zitieren …"

„Arno Schmidt!" Phoenix hielt erneut den Zeigefinger hoch.

„Was?"

„Arno Schmidt hat das gesagt mit den Gläubigen und Be-
amten, die auch noch das Absurdeste glauben – oder gar
tun …"

„Stimmt! Danke." Xénos hielt den Daumen hoch. „Um
also Hölderlin zu zitieren: ‚Wo aber Gefahr ist, wächst das
Rettende auch.' Und damit von der Diagnose zur Therapie
…"

„Oje", Phoenix saß etwas versunken in seinem Stuhl,
„ich fürchte, mir qualmt so langsam der Kopf."

„Noch zwei Biere zum Löschen – oder lieber morgen
weiter?" Xénos fühlte sich topfit, war gerade mal warm-
gelaufen.

*

Man hatte sich für zwei weitere Biere entschieden. Die
freundliche Bedienung von gestern meinte auch heute,
dass man bitte bald ins Café umziehen möge, weil der Garten ob der fortgeschrittenen Stunde gleich geschlossen
werden müsse.

„Also zur Therapie – und keine Angst, die ist eigentlich
ganz einfach. Zumindest theoretisch …"

„… theoretisch ist vieles ganz einfach …" Phoenix griff
ganz praktisch sein Bier.

„Ja, die praktische Umsetzung kann schwierig sein, kann
dauern, aber wenn man keine Theorie hat davon, was das
ist, was man ändern will, wie es funktioniert, und wenn
man keine klaren Ziele hat, also eine Theorie, die einem
zeigt, wo es überhaupt hingehen soll – dann ist jede Praxis
eben ziellos, hilflos, blind, also letztlich sinnlos."

„Das stimmt auch wieder." Phoenix stellte sein Bier zurück auf den Tisch.

„Ich kann es an einem brandaktuellen Beispiel erläutern:
Wäre Israel nicht reihum von Diktaturen umzingelt, sondern von halbwegs funktionierenden freiheitlichen, rechts-
staatlichen Demokratien – es hätte keinen einzigen der vielen, vielen gewalttätigen Konflikte im Nahen Osten gege-

ben. Und den aktuellen zwischen Israel und Hamas, Hisbollah und Iran auch nicht. Auch Putins Russland wäre nie in die Ukraine einmarschiert, wäre Russland noch eine Demokratie. China würde Taiwan nicht bedrohen, wäre es eine Demokratie. Die Türkei unter Erdogan, wäre sie noch eine wirkliche Demokratie, würde nicht die demokratisch selbstverwalteten Gebiete der Kurden im Norden Syriens und des Irak bombardieren. Noch nie hat in der Geschichte der Menschheit eine Demokratie, die ihren Namen auch nur halbwegs verdient, gegen eine andere Demokratie, die ihn genauso verdient, einen Krieg geführt. Noch nie."

„Ist das wirklich so?" Phoenix wirkte ungläubig.

„Es ist schwer, Beispiele aufzuführen von etwas, was es nicht gibt. Du – oder wer auch immer – könntest mir ja einfach ein Gegenbeispiel nennen." Xénos guckte etwas verschmitzt. Fast siegessicher.

„Ja, bin ich hier der Politologe – oder bist Du es?" Phoenix spielte den Empörten.

„Im Ernst. Du wirst kein Gegenbeispiel finden – weil es keines gibt. Aber, wie gesagt, die gegenwärtigen Kriege im Nahen Osten oder gegen die Ukraine sind nur zwei Beispiele. Diktatur ist nur ein anderes Wort für Gewalt. Wer Gewalt gegen Menschen …"

„… und gegen die Natur …"

„… korrekt! Wer also Gewalt gegen Mensch und Natur abschaffen will, der muss alle Diktaturen abschaffen – die politischen, die klerikalen und die industrie-, handels- und finanzkapitalistischen Diktaturen der großen Konzerne, der Bosse, der Eigentümer und ihrer Handlanger, also der Manager. Und das Gegengift gegen die Diktaturen der Einzelnen, der Wenigen ist die ‚Diktatur' der Vielen, besser: jene aller Menschen in einer freiheitlichen Demokratie – die aber eben nicht vor den Toren der Fabriken haltmacht."

„Freiheitlich-rechtsstaatliche Demokratie als Therapeutikum für alle Probleme? Aber die sogenannten westlichen Länder sind doch durch die Reihe mehr oder minder gelungene freiheitlich-rechtsstaatliche Demokratien – und es gibt in ihnen große, sehr große Probleme mit der natürlichen Umwelt, siehe Klimakrise oder Artensterben." Phoenix war gespannt, was Xénos antworten würde.

„Völlig richtig, aber wenn die großen privatkapitalistischen Konzerne, die diese ökologischen Probleme mit ihrer Wachstums- und Profitgier verursachen, demokratisiert werden würden, könnte man diese ökologischen Probleme viel besser angehen und lösen."

„Das will ich erst mal bewiesen haben. Nehmen wir an, alle Betriebe und Industrien ab einer bestimmten Größe würden vergesellschaftet, also demokratisch selbstverwaltet werden und auch Eigentum der Menschen sein, die in ihnen arbeiten – die stehen doch genauso unter dem marktwirtschaftlichen Konkurrenzdruck! Die sind dann doch genauso gezwungen, die Kosten zu senken oder zumindest niedrig zu halten – weil man sonst von der Konkurrenz, die ihre Kosten senkt, aus dem Markt gedrängt wird. Und diese Kostensenkung geht dann doch genauso wieder zulasten der Natur und damit der Menschen."

„Phoenix, ich bin begeistert von Dir! Du hast trennscharf zwischen Kapitalismus und Marktwirtschaft unterschieden und aufgezeigt, dass nicht nur kapitalistische Profitgier, sondern auch Marktdruck zu ökosozialem Schlamassel führen kann. Bedenke aber, dass in demokratisch selbstverwalteten Betrieben der Konkurrenzdruck heftig geringer ist als in Betrieben, die unter Kapitalherrschaft allein ein Mittel der Profitmaximierung sind – welches demokratisch selbstverwaltete Betriebskollektiv würde sich denn selbst Hungerlöhne verpassen, schlechte Sozialleistungen oder überlange Arbeitszeiten?"

„Und die Natur? Die Ausbeutung der Natur?" Phoenix lugte gewohnt skeptisch.

„Und wieder hast Du das scharf gesehen. Auch demokratisch selbstverwaltete Betriebe könnten auf die Idee kommen, dass sie, wenn sie sich schon nicht selbst ausbeuten wollen in Form von Lohndumping, dann doch zumindest möglichst kostengünstig die Natur …"

„… ohne große Umweltschutzmaßnahmen, die ja Geld kosten …"

„Exakt, Phoenix, exakt – aber genau deswegen ist es Aufgabe der demokratischen Politik, einen gesetzlichen Rahmen zu schaffen, in dem ökologisch nachhaltig produziert werden kann und werden muss, einen Rahmen, der dann eben für alle gilt – und so den Konkurrenzdruck in *diesem* Bereich völlig ausschaltet."

„Hm …" Phoenix schien noch nicht richtig überzeugt zu sein.

„Du musst auch bedenken: In dem von mir beschriebenen wirtschaftsdemokratischen System gibt es keine machtvollen großen kapitalistischen Konzerne mehr, die allein an Profitmaximierung interessiert sind und so großen Druck auf die Politik ausüben. Dieser Druck würde komplett wegfallen. Die Politik könnte sich viel intensiver um die Menschen kümmern – und um die natürliche Umwelt." Xénos schien zufrieden zu sein mit seinen Ausführungen. Aber nicht ganz: „Betrachte es von der entgegengesetzten Seite: Donald Trump, ein asozialer, sexistischer, rassistischer Leugner des anthropogenen Klimawandels, ist eben zum neuen Präsidenten der USA gewählt worden. Gewählt! Das klingt nach Demokratie – dem Lösungsmittel all unserer Probleme. Aber wenn man sich das US-amerikanische System genauer ansieht, kann man nur von einer sehr rudimentär entwickelten Demokratie sprechen. Die USA sind eher eine Plutokratie – und das ist nur ein anderes Wort für die Herrschaft des großen Kapitals, das die US-Medien komplett beherrscht, das kapitalhörige Präsidentschaftskandidaten mit Millionen, inzwischen sogar Milliarden Dollar finanziert. Wer in den USA selbst kein Millionär, wenn nicht Milliardär ist oder von vielen Millionären und Milliardären massiv unterstützt wird, hat keinerlei Chancen, Präsident der USA zu werden …"

„… ja, klar, aber selbst dann, wenn ein sozial orientierter Naturfreund als nächster US-Präsident gewählt worden wäre: Die Klimakrise aufzuhalten, ist selbst für eine durch und durch demokratisch strukturierte Politik, Ökonomie und Gesellschaft eine Herkulesaufgabe …"

„… nö, das geht mit ein paar Federstrichen …"

„… was? Vielleicht doch zu viele Biere getrunken?"

*

Die aufmerksame Bedienung hatte Phoenix' Stichwort gehört, wies aber gleich darauf hin, dass auch hier im Café nur noch eine letzte Runde bestellt werden könne. Die wollten sich Phoenix und Xénos natürlich nicht entgehen lassen.

„Also, der technisch-ökonomische Aufwand, zu einer vollständigen Sonnenenergiewirtschaft zu gelangen, ist gigantisch, und der Weg dorthin wird einige Zeit beanspruchen – aber ihn umgehend und zielgerichtet zu beschreiten, kann nur mit wenigen Federstrichen, in Gesetzesform gegossen, initiiert werden." Xénos ruckelte sich auf seinem Stuhl etwas zurecht und schloss kurz die Augen, um sich zu konzentrieren.

Die letzte Runde kam.

„Also, diese paar Federstriche, in Gesetzesform gepackt, könnten so aussehen: *Die vorhandenen Steuern auf fossile Energieträger und auch die noch einzuführenden Steuern auf fossile Energieträger, die bislang noch nicht besteuert wurden, etwa Kerosin, steigen ab sofort um zehn Prozent jährlich – zunächst begrenzt auf zehn Jahre, um danach zu*

*evaluieren und, je nach Ergebnis, nachzujustieren. Die
entsprechenden Steuereinnahmen sind zu verwenden für
die Förderung – etwa durch zinsfreie, nur langfristig in
kleinen Raten zurückzuzahlende Kredite – der Nutzung re-
generativer Energien, des öffentlichen Personen- und Gü-
terverkehrs sowie für den sozialen Ausgleich, also die finanzielle Unterstützung von Personen mit geringen Ar-
beits- oder Sozialeinkommen ...“*

„... das klingt wie auswendig gelernt ...“ Phoenix guckte
ungläubig.

„... das ist auswendig gelernt!“ Xénos sagte es wie
selbstverständlich. „Ich habe diese paar Zeilen schon vor
langen Jahren ausformuliert, sie in zig Vorträgen verwen-
det – bis ich sie in der Tat auswendig konnte. Auf jeden
Fall: Ich behaupte, dass sich nach Erlassung dieses Geset-
zes alle Umweltpolitiker, -verbände und -aktivisten, was
die Durchsetzung einer hundertprozentigen Sonnenenergiewirtschaft betrifft, Däumchen drehend zurücklehnen
könnten ...“

„... wieso?“ Phoenix hatte gerade zu seinem Bier gegrif-
fen, hielt auf halber Strecke zum Mund inne und verharrte
in dieser Stellung nicht geringe Zeit.

„Na, was würden denn Multimillionen von Konsumen-
ten und Millionen von Produzenten tun, wenn sie wüssten,
dass fossile Brennstoffe, also Sprit, Kerosin oder Heizöl,
immer schneller teurer werden würden als alles andere?
Teurer und teurer und teurer?“ Xénos wusste, dass Phoenix die Antwort wusste.

„Sie würden Schritt um Schritt die Finger lassen von fos-
silen Brennstoffen ...“

„Richtig, und sie könnten selbst entscheiden, wie und
wann sie das genau tun. Niemandem würde etwas konkret
vorgeschrieben werden nach dem schlechten Motto: Ab
dem 1. Januar des Jahres X ist das und das verboten und
dieses und jenes nur noch erlaubt – was beispielsweise

viele kleine Häuschenbesitzer in Sachen Heizung in arge finanzielle Bedrängnis bringen würde. In meinem, sage ich mal, Federstrichkonzept könnten sie selbst entscheiden, wie sie die Nutzung fossiler Brennstoffe peu à peu reduzieren – durch Herunterdrehen der Heizkörperthermostaten, durch wenig kostende Isolierung der Außenwände der Häuser von innen, neue Isolierfenster oder Aufpeppen der alten, durch Rollläden oder dickere Vorhänge, durch wärmere Kleidung auch im Hause, und dann, wenn die alte Heizung so und so irgendwann ausgetauscht werden muss, durch Installation einer Wärmepumpe – unterstützt, wie gesagt, durch zinsfreie Kredite. So einfach könnte das gehen. Und Du kannst Gift darauf nehmen, dass in zehn Jahren, wenn der Spritpreis bei etwa sieben Euro liegt, nur noch wenige Verrückte einen Verbrenner fahren werden."

„Klingt plausibel." Phoenix bemerkte erst jetzt, dass er sein Bier wie erstarrt noch immer auf halber Strecke zwischen Tisch und Mund hielt. „Aber auf diesem Weg kann man ja nichts gegen das Artensterben machen und auch nicht gegen die Vergiftung der Umwelt, des Bodens und der Gewässer durch Pestizide, Fungizide, Herbizide oder Überdüngung – obwohl, die könnte man ja auch immer teurer machen durch entsprechende Steuern …"

„Sehr weise! Hier im Bereich der Landwirtschaft gibt es zudem ein detailliert ausgearbeitetes Gesetzeswerk, das definiert, wie nachhaltige biologische Landwirtschaft samt artgerechter Tierhaltung auszusehen hat – viele landwirtschaftliche Betriebe arbeiten ja schon nach diesen Prinzipien. Da muss man nichts neu erfinden, sondern nur breiter anwenden, was schon da ist. Auch hier würde also ein Federstrich genügen, möglichst schnell zu einer zu hundert Prozent ökologisch nachhaltigen Landwirtschaft zu kommen …"

„… und wie würdest Du diesen Federstrich ausformulieren?" Phoenix griff sich ans Kinn.

„Nichts einfacher als das: *Ab dem Jahr 2040 sind alle landwirtschaftlichen Betriebe nach den bekannten Prinzipien einer ökologisch nachhaltigen Landwirtschaft zu betreiben.* Von heute aus gesehen hätten alle landwirtschaftlichen Betriebe sechzehn Jahre Zeit für diese Umstellung – na, und wenn sie zu doof sind, das in diesem großzügigen Zeitraum zu schaffen, sind sie wohl selber schuld. Und bedenke …"

„… ich strenge mich an!" Phoenix schien schon etwas müde zu sein.

„Bedenke bitte, dass im Modell, das ich hier skizziere, auch die großen Agrarbetriebe und Agrarkonzerne demokratisch selbstverwaltete Betriebe wären! Auch so würde viel Druck wegfallen, der heute gegen einen Umstieg in Richtung ökologisch nachhaltiger Landwirtschaft vonseiten der rein profitorientierten großen kapitalistischen Agrarkonzerne besteht …" Xénos merkte, dass Phoenix inzwischen doch etwas müde war. Er selbst war es inzwischen auch.

Phoenix nahm den Ball auf: „Bevor mir gleich der Kopf platzt – ich würde gerne für heute bald mal Schluss machen. Wobei mir eigentlich nur noch eine Sache in den Sinn kommt: Wir sprachen vom ausbeuterischen Krieg des Kapitalismus gegen Mensch und Natur – was ist mit dem Krieg der Menschen gegen die Menschen? Der Staaten gegen andere Staaten? Die Staaten dieser Welt sind in großer Mehrheit Diktaturen, mehr oder minder üble, und die sind eben, wie Du selbst festgestellt hast, immer wieder sehr gewalttätig …

„… Diktatur *ist* Gewalt …" Xénos betonte es noch mal ausdrücklich.

„… ja, klar. Aber was willst Du machen, wenn Diktaturen Demokratien überfallen wie derzeit Putins Russland die Ukraine oder die Terrororganisationen Hamas, Hisbollah oder der Iran Israel? Dürfen Demokratien sich verteidigen, sich wehren? Du sagtest ja selbst, dass die Demokratisierung der Wirtschaft Zeit braucht, ebenso die Demokratisierung und Ökologisierung des Energiesystems oder der Landwirtschaft. Was sollen wir, was sollen Demokratien denn machen, bis sich alle gewalttätigen Diktaturen dieser Welt in friedliche Demokratien verwandelt haben?" Phoenix schien skeptisch zu sein.

„Natürlich an erster Stelle einen bestimmten *Federstrich* in Gesetzesform zu Papier bringen …" Xénos musste selbst schmunzeln bei seiner Betonung.

„Ach! Nie hätte ich irgendetwas anderes erwartet …" Phoenix befiel plötzlich eine leichte Wachheit.

Xénos merkte Phoenix' leichten Spott sehr wohl, konterte aber spontan: „Okay, dann bin ich also so eine Art Federstrich-Junge, aber das ändert ja nix. Wenn man komplexe politische, ökonomische und soziale Systeme versteht, wenn man durchschaut hat, wie sie funktionieren, kann man sie oft durch Drehen an einer scheinbar kleinen, aber funktional hochgradig zentralen Schraube in völlig andere und vor allem gewünschte Richtungen umlenken – und wenn man dieses Drehen an diesen systemrelevanten Schrauben in Gesetzesform packt, sind das halt nur ein paar Federstriche …"

„… okay, ich nehme alles zurück …" Phoenix guckte gespielt bekümmert.

„… musst Du gar nicht. Es gucken eigentlich erst mal alle skeptisch bis spöttisch, wenn ich mein, nennen wir es mal: Federstrichkonzept vorstelle …" Xénos machte eine wegwerfende Handbewegung.

„… und wie lautet nun der Federstrich, der uns vor Angriffen von Diktaturen schützt, sie abwehrt?"

„Du sagst es gerade selbst! Aggressionen abwehren – durch Abwehrwaffen und nur diese. Das dazugehörige, schon lange ausgearbeitete verteidigungspolitische Konzept heißt *strukturelle Nichtangriffsfähigkeit* – und der in Gesetzesform gepackte Federstrich würde etwa lauten: *Das gesamte Verteidigungssystem wird auf strukturelle Nichtangriffsfähigkeit umgestellt …*"

„… und wie sieht die aus?" Phoenix leerte sein Bier final.

„Ganz einfach: Alle Angriffswaffen – Kampfjets, Panzer oder Seezerstörer – werden peu à peu abgeschafft und durch Flugabwehrsysteme, Panzerabwehrwaffen und Waffen zur Abwehr von Kriegsschiffen oder U-Booten ersetzt. Und es wird in Aufklärungssysteme investiert, Weltraumsatelliten, nicht bewaffnete Flugzeuge und Drohnen – et cetera. Eine Flugabwehrrakete, die einen angreifenden Kampfjet vom Himmel holt, ist dramatisch billiger als der Kampfjet. Gleich zu Beginn des Krieges gegen die Ukraine haben nur zwei ukrainische Schiffsabwehrraketen den russischen Zerstörer Moskwa zerstört – diese beiden Raketen kosteten den winzigen Bruchteil eines winzigen Bruchteils des milliardenteuren Zerstörers. Ein hinreichend proportioniertes militärtechnisches Verteidigungssystem, das vollständig den Prinzipien der strukturellen Nichtangriffsfähigkeit entspricht, bringt also nicht nur große Sicherheit, sondern ist auch noch dramatisch billiger als die konventionellen Angriffssysteme …"

„… das klingt alles derartig schlau, dass es wahrscheinlich nie verwirklicht wird …" Phoenix fasste sich an die Stirn und schloss die Augen.

*

Die nächsten Tage verbrachte Xénos damit, all das, was er Phoenix erzählt, geschildert, erläutert hatte, in schriftliche Form zu bringen – die Rede seines Lebens zu verfassen. Der Welt zu erklären, woran und warum sie leidet, politisch, ökonomisch, sozial und auch ökologisch, und was zu tun wäre, all diese Probleme sozial- und umwelt-

verträglich zu lösen. All dies zu erklären und aufzuzeigen
– in einer viertel Stunde. Maximal.

Xénos realisierte Tag um Tag mehr und mehr, dass er an
seine Grenzen stieß. Jeder Entwurf war viel zu lang, auch
nach der zweiten Überarbeitung, den dritten Kürzungen.
Xénos war ein versierter Schreiber, Autor von inzwischen
sechzehn Büchern und Hunderten von Artikeln. Tausende
von Texten hatte er lektoriert und teilweise rigoros ge-
kürzt. Überflüssige Füllwörter, Wiederholungen, Redun-
danzen, Geschwafel. Bei seinem eigenen Text, seiner
Rede, funktionierte das nicht wirklich, nicht hinreichend –
aus einem einfachen Grund: Er als Autor hatte sich als
Lektor permanent im Nacken. Xénos formulierte deswegen als Verfasser nur aus, was fundamental wichtig war,
um das Ganze zu verstehen, den logischen Fluss der Argu-
mentation an keiner Stelle zu unterbrechen.

Xénos erzählte Phoenix von seinen Problemen. Phoenix
antwortete ohne zu zögern, dass er sich das sehr, sehr gut
vorstellen könne. Über all die Themen, die Xénos in ihren
langen, ausgiebigen Gesprächen im Gartencafé angesprochen und erklärt habe, könne man dicke Bücher schreiben.
Er müsse sich einfach noch ein paar Tage Zeit lassen, die
Sache eile nicht, auf ein paar Tage mehr komme es überhaupt nicht an.

Aber auch in den nächsten Tagen kam Xénos nicht wirklich voran. Hätte er den Text eines anderen lektorieren und
auf eine vorgegebene maximale Länge kürzen müssen,
wäre er schon lange fertig. Das wusste er, ahnte es zumindest. Aber es ging um seinen Text, den Text all seiner
Texte. Die Rede seines Lebens. Langsam stieg Verzweiflung in ihm auf – bis ihn Phoenix nach einer knappen Woche unverhofft anrief. Er hatte Xénos noch nie angerufen.
Sie kommunizierten, wenn nicht live im Café, ausschließlich über E-Mail und Messenger – und per Letzteren, aus
Sicherheitsgründen, nur über banalen Alltagskram.

Phoenix war mit seinen Vorbereitungen des Coups fertig – dem Kapern eines öffentlich-rechtlichen Senders, damit dieser Xénos' Rede ausstrahlt. Was nur noch fehlte, war – Xénos' Rede. Das konnte Phoenix am Telefon natürlich nicht sagen, wer weiß, wer mithören, das Gespräch aufzeichnen würde. Vorratsdatenspeicherung nannte man das seit geraumer Zeit. Mögliches Beweismaterial. Zur späteren Auswertung. Als Fundierung einer Anklage. Grundlage eines Urteils.

Phoenix meinte am Telefon lediglich, dass ihm gerade ein Gedankenblitz gekommen sei. Und bevor der final erlösche, würde er gerne mit Xénos darüber reden. Möglichst bald. Vielleicht gleich heute Nachmittag?

Xénos war verwundert über Phoenix' Aufregung, seine Ungeduld, die dem Tonfall seiner Stimme deutlich zu entnehmen waren. So kannte er ihn gar nicht.

*

Phoenix war zuerst da. Er setzte sich an einen freien Tisch unter der Markise an der Gartenfront des Straßencafés. Wolken waren zusammengezogen. Es roch nach Regen. Als kurz darauf die ersten Tropfen fielen, eilte Xénos um die Ecke. Er sah Phoenix sofort und setzte sich in den Stuhl neben ihm.

„Tach, mein Guter." Phoenix fackelte nicht lange: „Was hältst Du davon, wenn sich Pig Brother, also eine von mir etwas dressierte KI über Deinen Text beugt, um ihn zu kürzen, seine Quintessenz zu extrahieren?"

Xénos war so überrascht, wie er aussah. „Ja, also, wie soll ich sagen – das ließe sich denken …"

„… und gar machen?" Phoenix machte auch jetzt noch einen sehr ungeduldigen Eindruck.

„Wie gesagt, das müsste ich mir erst mal durch den Kopf gehen lassen." Xénos hatte so etwas noch nie gemacht. Machen lassen. Sich von einer KI einen Text schreiben zu lassen. Das ginge, hatte er sich vor geraumer Zeit selbst eingestehen müssen, quasi gegen seine Berufsehre. Und wohl auch Selbstachtung. Er war hier und da in Versuchung. Ließ aber die Finger davon. Bislang.

Phoenix merkte wohl, dass seinem Freund nicht ganz wohl war bei der Sache: „Mach' Dir nix draus, das kostet anfänglich in der Tat etwas Überwindung, sich das Heft des Handelns aus der Hand nehmen zu lassen. So war das anfangs auch bei mir …"

„… bei Dir?"

„Ja, bei mir." Phoenix schmunzelte etwas verlegen. „Ich habe mir von KI schon mehrfach beim Programmieren helfen lassen. KI ist besonders geeignet für die Erledigung von Routinearbeiten – sie beruht ja gerade auf der statistischen, der wahrscheinlichkeitstheoretischen Auswertung von Milliarden von Routinen, Wiederholungen, Regelmäßigkeiten in den gigantischen Daten- und Textbergen, die sie im Internet als Trainingsmaterial vorfindet. Wenn ich selbst diese Routinearbeiten ausführe, lerne ich nichts Neues. Also lerne ich eigentlich gar nichts. Die Sache ist einfach nur langweilig. Wenn nicht ärgerlich. Warum soll ich sie nicht von KI erledigen lassen?"

„Und das funktioniert?" Xénos zuppelte sich am Ohrläppchen.

„Das funktioniert – aber nur genau dann, wenn man jedes Arbeitsergebnis der KI kritisch überprüft und korrigiert, wenn es sein muss. Oft gibt es viele Korrekturschleifen, bis die Sache perfekt ist. Aber wem sage ich das: Einen Text Korrektur zu lesen geht natürlich heftig schneller als ihn komplett neu zu schreiben."

„Das stimmt wohl." Xénos Gesichtsausdruck verriet schon etwas weniger Skepsis.

„Hast Du nicht auch mal gesagt, dass man als Autor nie sein eigener Lektor sein kann?" Phoenix meinte sich erinnern zu können.

„Das habe ich ganz bestimmt mal gesagt. Man selbst riecht seinen eigenen Gestank in der Regel als Letzter. Wenn überhaupt." Xénos markierte den Ertappten.

„Na, siehst Du, betrachte KI einfach als Deinen neuen, Deinen eigenen Lektor. Du behältst alles unter Kontrolle. Es ist und bleibt Dein Text. Jeden Arbeitsschritt der KI autorisierst Du – oder auch nicht." Phoenix lächelte zufrieden.

Xénos klopfte Phoenix anerkennend auf den Unterarm: „Warum bin ich Idiot nicht schon selbst auf diese Idee gekommen?"

Phoenix schwieg höflich. Aber sehr bedeutend.

*

Schon am nächsten Tag trafen sich die beiden in Xénos' Wohnung. Das erste Mal. Phoenix hatte ein Laptop unterm Arm. Xénos möge ab sofort nur noch auf diesem Laptop arbeiten und damit nicht online gehen – das dürfe nur er, Phoenix, er gehe über „besondere Wege" ins Netz, die nicht nachvollziehbar seien. Pig Brother, also Xénos' neuer KI-Lektor, sei schon vorinstalliert. Ansonsten sei das Laptop jungfräulich. Phoenix bat Xénos, seine Rede per USB-Stick auf dieses Laptop zu kopieren und alle entsprechenden Dateien auf seinem PC zu löschen. Inklusive aller Sicherheitskopien, vor allem, falls vorhanden, der Kopien im Netz. Seine je zu aktualisierende Sicherheitskopie sei eben die auf dem USB-Stick – und der sei offline.

Die Sache laufe dann so, dass Phoenix am Tag X mit diesem Laptop zu einem öffentlich zugänglichen Hotspot gehen würde, um den Angriff auf den TV-Sender zu starten. Seine Kollegen, die ihn unterstützten – Phoenix sprach, das hatte er sich ausbedungen, nie im Detail von ihnen, um sie zu schützen –, wüssten genau, was sie an diesem Tag X wann genau tun müssten. Alles sei vorbereitet. Auf seinem Smartphone würde Phoenix per Livestream überprüfen, ob die Tagesschau wirklich Xénos Rede überträgt. Wenn ja, würde er dieses Laptop sofort aus dem Hotspot nehmen, also deaktivieren, seine Festplatte komplett löschen und final, also hinreichend zerstört, entsorgen.

Phoenix war auch gekommen, um Xénos bei seiner erstmaligen Zusammenarbeit mit seinem neuen KI-Kollegen zu unterstützen. Xénos hatte sich mal als einen Techniklegastheniker bezeichnet. Das war zwar etwas übertrieben. Aber nur etwas.

Phoenix und Xénos saßen direkt nebeneinander an Xénos großem Schreibtisch. Xénos Rede war schon auf das Laptop übertragen, alle Spuren dieser Rede auf Xénos' PC gelöscht, auch die im Netz. Phoenix erklärte Xénos Detail um Detail, wie die KI funktioniert. Wiederholte und wiederholte, machte einen Testlauf nach dem anderen mit beliebigen Texten, die er zuvor auf den USB-Stick als Demo-Material kopiert hatte.

Dann kam der große Augenblick. Xénos, er hatte die Bedienung seines neuen KI-Kollegen begriffen – vor allem deswegen, weil sie in der Tat sehr einfach war –, gab der KI den Befehl, seine Rede zusammenzufassen, sodass sie eine Seite kürzer ist. Das reichte keinesfalls aus, aber Xénos wollte behutsam vorgehen, Schritt um Schritt, Seite um Seite, Kürzung um Kürzung überprüfen, ob die KI Wesentliches, Fundamentales, Unabdingbares wegkürzen würde.

Er hatte spontan feuchte Finger bekommen, als er den Start-Button anklickte, kleine Schweißperlen standen auf seiner Stirn. Und er war baff erstaunt, wie schnell sein virtueller Lektor arbeitete. Es dauerte keine Minute, als das Ergebnis auf dem Display erschien. Wie unter Strom las Xénos das Resultat der ersten Korrekturrunde.

Phoenix blieb still neben Xénos sitzen. Er war nicht erstaunt über die Leistungsfähigkeit der KI, stand aber fast genauso unter Strom wie sein Freund: Wie würde er das Ergebnis aufnehmen und bewerten?

Xénos lehnte sich zurück. „Meine Herren, ich bin erstaunt – und sehr angenehm überrascht. Die Zusammenfassung ist sehr gut, etwas Wesentliches fehlt nicht. Nur hier und da würde ich etwas ändern, umformulieren, ergänzen. Aber wirklich nur an ganz wenigen Stellen."

„Dann leg' doch gleich los!" Phoenix konnte die nächste Runde kaum erwarten.

Xénos nahm die wenigen Korrekturen vor. Vor allem musste er immer wieder den Begriff „Seelenkrüppel" nachtragen. Kollege KI war wohl zu sehr auf Political Correctness trainiert. Es folgte die zweite, die dritte, die vierte Runde. Dann war die Rede so lang, wie sie sein sollte. Xénos las auch diese. Wieder lehnte er sich zurück, sah Phoenix mit einem nahezu seligen und vor allem erstaunten Gesichtsausdruck an. Nur ganz leichte Skepsis umspielte seine Augen. Xénos saß so eine Weile und schwieg.

„Ja und?" Phoenix fragte leise und doch sehr ungeduldig.

„Es ist fast befremdlich. Alles liest sich, als ob es aus meiner Feder stammen würde, auch die von meinem neuen Kollegen neu formulierten Stellen. Wie wenn er bei mir irgendwo abgeschrieben hätte …"

„Das hat er ziemlich sicher!" Phoenix kam die Sache überhaupt nicht verwunderlich vor.

„Wie?" Xénos kam die Sache hingegen sehr verwunderlich vor.

„Na, Du hast doch die meisten Deiner Artikel online gestellt …"

„… alle, und auch ein paar Bücher …" Xénos schwante etwas.

„… also sind sie im Netz frei verfügbar, jeder kann darauf zugreifen. Und das hat Kollege KI wohl getan. Nein, er hat es ganz sicher getan. Er hat Dich sozusagen selbst zitiert. Du bist seine Quelle. Er ist Dein Avatar."

Xénos kam das alles nun sehr plausibel vor, logisch und konsequent. Gleichwohl war er erstaunt ohne Ende. Und euphorisch. So etwas hatte er noch nicht erlebt. Er kommunizierte mit seinem Avatar. Mit sich selbst quasi.

Ihm kam eine Idee: „Pass auf, diese letzte Version speichern wir ab, die wird es wohl, die nehmen wir …"

„… bitte auf dem Laptop wie auf dem USB-Stick …" Es sprach Phoenix, der erfahrene IT-ler.

„… klar. Dann aber …" Xénos unterbrach sich selbst. Wieder war eine Gemengelage aus Erstaunen, Euphorie, ja Seligkeit in seinem Gesicht zu sehen.

Phoenix ließ seinen Freund etwas in dieser Stimmung verharren. Seine Neugier war dann aber doch zu groß: „Dann aber – was?"

„Also, mir kam da eben eine Idee." Xénos sprach mit entrückter Stimme und sah Phoenix nahezu verklärt an. „Ich würde gerne wissen, was dabei herauskommt, wenn ich Kollege KI, also meinen Avatar, mein Alter Ego bitten würde, noch zwei, drei, vier Runden seine Arbeit fortzusetzen, also die Quintessenz der Quintessenz der Quintessenz meiner Arbeit, ja meines Lebenswerks zu ziehen."

„Das klingt spannend. Gute Idee. Das will ich wissen." Phoenix ließ sich von Xénos' Euphorie nicht wenig anstecken.

Die Freunde ließen Xénos' Avatar gewähren, Runde um Runde. Immer wieder. Und sie waren nicht wenig erstaunt, als sie bald darauf auf dem Display lasen, was Xénos' Avatar als finale, als nicht weiter hintergehbare, reduzierbare Quintessenz seines Lebenswerkes ausgab:

HUMANISMUS UND AUFKLÄRUNG,
AUFKLÄRUNG UND HUMANISMUS
– jedes andere zivilisatorische Projekt ist dagegen
vollkommen sinnlos.

*

„Dafür kommen wir hundert Jahre in den Knast!" Das waren Phoenix' erste Worte, nachdem er um die Ecke geschossen kam und sich in den Stuhl neben Xénos fallen ließ – nicht ohne sich davor umzusehen, ob jemand seine Worte hören könnte. Außer Xénos natürlich. Der saß schon, in einer Decke eingewickelt, unter der Markise des Straßencafés, in dem alles seinen Anfang nahm. Es war noch Sommer, aber ein nasskalter Tag.

„Aber nur, wenn sie uns erwischen." Bei diesen Worten packte Xénos Phoenix bei den Händen. „Du bist einfach unglaublich. Als ich gestern Abend den Livestream der Tagesschau, die keine Tagesschau war, sondern Dein geniales Produkt ..."

„... und vor allem das von Kollege KI ..." Phoenix ergänzte sofort und streckte zeitgleich seinen – für Xénos inzwischen berühmten – Zeigefinger in die Höhe.

„... ich hatte Angst zu sterben vor Aufregung. Als Kanzler Scholz, also sein Avatar, von ‚zwangsneurotischen Seelenkrüppeln' sprach, die uns in den Chefetagen dieser Welt und in der großen Politik beherrschen und ausbeuten – ich hätte heulen können. Quatsch, ich habe geheult, vor Freude. Ich stand unter Strom wie noch nie in meinem Leben ..." Xénos strahlte wie ein entrückter buddhistischer Mönch.

„... das ging mir genauso." Phoenix hielt Xénos' Hände auf dem Tisch so kräftig wie Xénos seine. „Noch viel spannender fand ich die improvisierte Sendung direkt nach der vermeintlichen Tagesschau. Wie sich Jens Riewa wort- und händeringend im Namen der Redaktion und des gesamten Senders entschuldigte. Man sei Opfer eines Komplotts geworden, eines Angriffs aus dem Cyberspace. Und wie gleich danach eine improvisierte Pressekonferenz in Berlin zugeschaltet wurde, in der Regierungssprecher Hebestreit, völlig konsterniert und durcheinander, erklärte und beteuerte, dass das, was man eben gesehen und gehört habe, auf keinen Fall der reale Kanzler gewesen sei, genauso wenig wie die Rede, die vorgetragen wurde, von Olaf Scholz geschrieben worden sei. Auch er sprach von einem Angriff aus dem Cyberspace …"

„… der so professionell verlaufen sei, dass dahinter nur große Organisationen, wenn nicht Staaten stehen könnten, etwa Russland oder China. Hast Du jemals so eine Ehrung erhalten, dass das, was Du mit Deinen Freunden gemacht hast, eigentlich nur Staaten hinkriegen könnten?" Xénos drückte Phoenix' Hände noch ein bisschen fester.

„Wenn die wüssten, dass der Angriff von ein paar linken Chaoten aus dem Hamburger Schanzenviertel kam – die würden sich in den Hintern beißen …" Phoenix lachte laut heraus. Xénos lachte fast noch lauter. Es war eine einzige große Befreiung.

Epilog

Xénos' Rede, die Rede seines Lebens, wurde von wenigen Millionen Menschen im deutschsprachigen Raum gehört und gesehen. Von der großen Mehrheit der Bevölkerung nicht. Und auch nicht von der Bevölkerung Frankreichs, Englands, der USA, Russlands oder Chinas – oder sonst wem auf dieser Welt. Die Rede beherrschte, selbstverständlich vor allem in Deutschland, die Medien einige Tage sehr intensiv. Dann ebbte die Sache ab. Schnell. Die Videoaufzeichnungen verschwanden bald von allen Servern aller Social Media – die Aufzeichnung war nun Gegenstand eines Ermittlungs- und Strafverfahrens. Dessen zentrales Beweisstück fiel umgehend der juristischen Zensur zum Opfer. Politik und Medien gingen rasch zur gewohnten Tagesordnung über. Als ob nichts gewesen wäre.

Was aber blieb, war die Quintessenz von Xénos' Rede, speziell ihrer Analyse der sozialen und ökologischen

Probleme, die sich tief in das kollektive Gedächtnis ein-
prägte, weil Xénos sie in so prägnante Worte gefasst hatte:
Die Welt verreckt, weil ruhmsüchtige, raffgierige, autori-
täre, zwangsneurotische Seelenkrüppel, auch Konzern-
chefs oder Staatenführer autoritärer Systeme genannt, dik-
tatorisch versuchen, sich ein Denkmal zu setzen. Als die
Größten in die Geschichte einzugehen. Nach dem Vorbild
jener ehemals Großen der Weltgeschichte, die, man ver-
gesse es nicht, vor allem eines waren: Massenmörder.

Auf der folgenden Seite finden sich noch ein paar Hinweise.